1.ª edición: octubre 1994

Juan Ignacio Luca de Tena, 15. 28027 Madrid

ISBN: 84-207-6298-9
Depósito legal: M. 30.752/1994
Impreso en Anzos, S. A.
La Zarzuela, 6
Polígono Industrial Cordel de la Carrera
Fuenlabrada (Madrid)
Impreso en España - Printed in Spain

E S P A C I O

Colección dirigida por
Norma Sturniolo

A B I E R T O

ESPACIO ABIERTO

Diseño y cubierta de
Manuel Estrada

ESPACIO ABIERTO

Andreu Martín

El amigo Malaspina

ANAYA

Este libro debe estar dedicado, y lo está, a todos aquellos que lo han hecho posible con su ayuda, sus consejos y su aliento.

Y mencionaré especialmente a Pedro Tabernero, que me dio a conocer la figura fascinante de Alessandro Malaspina.

A José Muñoz, que dibujó un excelente Malaspina en cómic, con el guión que dio origen a esta novela, y que puso en los ojos de Anabel de Mondragón esa chispa de locura que la hace tan seductora.

A Mercedes Palau, que me aconsejó sobre la bibliografía.

A Dario Manfredi, director del Centro Alessandro Malaspina de Mulazzo, que me contó lo que nadie más que él sabe.

Y a María José Gómez Navarro, que me ayudó a perfilar el Madrid dieciochesco.

Y, naturalmente, a Rosa María, que siempre está a mi lado y de mi parte.

Ruta de la expedición de Alejandro Malaspina, 1789 a 1794

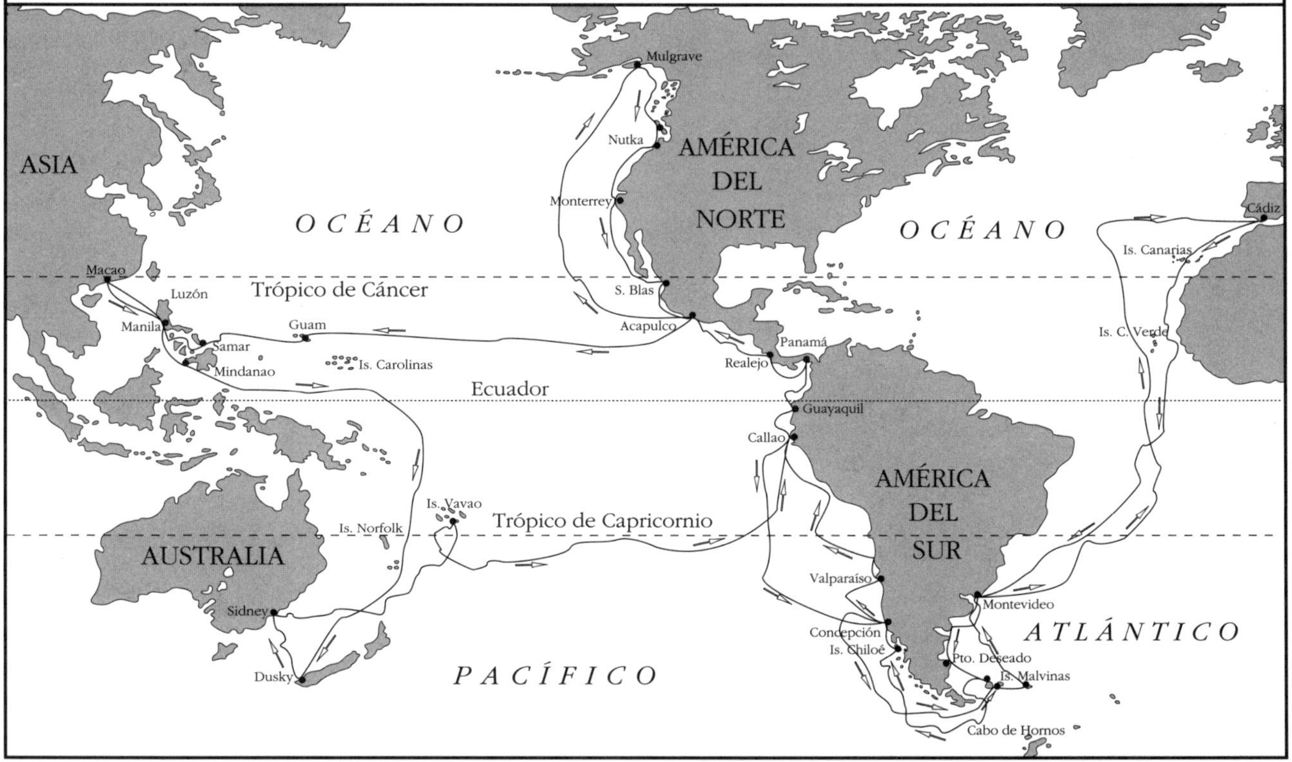

1

En la guerra como en la guerra

1

España. 1798.

Oscuridad.

Un vertiginoso abismo de negrura. Una tiniebla espesa que parece pegarse al fondo de los ojos.

Un silencio ensordecedor.

El olfato ya es insensible al hedor de la paja que, empapada de orines y excrementos, alfombra el suelo.

Poco a poco, el oído empieza a percibir rumores remotos e imprecisos. El gorgoteo de algún manantial cercano, tal vez.

De pronto, un movimiento pequeño y furtivo. Patitas minúsculas arañando la piedra. Y un chillido puntiagudo, como de bruja convertida en rata. Son ratas. Y el sonido cercano, al rebotar en las paredes, sugiere que la estancia es pequeña y desprovista de muebles ni ornamentación alguna.

Estamos en un calabozo.

Los ojos se han ido habituando a la oscuridad y ahora ya vemos casi un punto de luz en una pared. Un punto de luz y unos barrotes.

Por allí entra el grito sorprendente.

—¡Otis!

Las ratas, alborotadas, corretean y hacen iiik iiik.

—¡Qué!

La voz ronca denota aburrimiento, pero la prontitud de la respuesta delata la necesidad que tenía el interpelado de escuchar la llamada. Sabe lo que le van a pedir y estaba deseando que se lo pidieran.

—¡Otis!

Son otros reclusos. O tal vez carceleros.

—¡Qué!

Su gesto de impaciencia provoca el tintineo de una cadena. Al otro lado de la puerta coronada por el ventanuco enrejado, hay un pasillo lóbrego y sucio. Al fondo, una gran reja limita la celda común donde se hacinan diez o doce birrias mugrientas, desdentadas, depauperadas.

Son esas birrias las que gritan.

—¡Cuéntanos cómo conociste a Malaspina, Otis!

Y otro:

—¡Cuéntanos por qué te llaman Otis!

Las muñecas ceñidas por grilletes. Brazos delgados, pero de músculos fuertes y tensos como amarras de barco. Manos grandes y poderosas.

—¿Y vosotros qué me dais? —replica la voz enérgica del llamado Otis.

Algarabía tras la reja grande, al fondo del pasillo. Algunas manos se agarran ansiosas a los barrotes.

—¡Tendrás alubias en el caldo de esta noche! —promete el preso que conoce sobradamente la historia pero disfruta escuchándola una y otra vez, y jaleándola, y haciendo que la escuchen los demás.

—¡Y tocino! —replica Otis.

—¡Tocino es muy difícil, Otis! —se queja otro preso.

—¡Bueno, está bien! ¡Tendrás alubias! —concede la voz de quien puede prometer alubias.

—¡Vamos! ¡Cuéntanos lo de Malaspina, Otis! —insiste el primer preso.

—¡Y por qué te llaman Otis!

—¡Anda, cuéntalo!

En la oscuridad, nadie puede ver la sonrisa seductora de Otis. Se siente halagado por la insistencia, que compensa, de alguna forma, todo lo que ha sufrido.

—¡Tocino o no cuento nada!

—¡Bueno, está bien! —concede la voz que puede conceder, seguramente la de un carcelero—. ¡Tendrás alubias con tocino! ¡Yo te daré mi ración!

—¿De acuerdo, Otis? —pregunta, ilusionado, el preso incondicional.

—¡Anda, cuenta, cuenta! —insta otro.

—¡Está bien...! —concede Otis, magnánimo.

Vítores de alborozo inundan el pasillo y desbordan el pecho de Otis.

Luego, chistidos exigiendo silencio.

—¡Callaros!

—¡Callad!

—¡Callarsus!

Una última voz:

—Verás, verás qué bien lo cuenta.

Un último chistido.

—¡Chssst!

Silencio.

—Conocí a Alejandro Malaspina... —dice Otis, después de aclararse la voz. Y abre el paréntesis de siempre—: Alessandro, en realidad, porque es italiano... —Puntos suspensivos que calibran la expectación de su público invisible. Al fin—: Me salvó la vida en las playas de Argel, en 1775, durante aquel desgraciado desembarco en que perdieron la vida miles de españoles...

2

Otis pergeña con vehemencia un desastre en una playa mediterránea, una granizada de plomo procedente de las espingardas argelinas emboscadas, cientos de cuerpos de soldados españoles cayendo pesadamente sobre la arena, salpicaduras de sangre, gritos de mando, ayes de dolor, niebla de pólvora, el asalto del infiel emitiendo aquellos ensordecedores y enloquecedores alaridos interminables, el cuerpo a cuerpo, cimitarras contra sables, las cornetas tocando vergonzosa retirada, el repliegue estratégico del enemigo preparando una nueva acometida, la desbandada irracional de los vencidos, el pánico.

Quién sabe si realmente estuvo allí, o si habla de oído. Qué importa eso. Da su versión de un suceso que se hizo famoso en pasquines y letrillas que insultaban al ministro de Asuntos Exteriores, marqués de Grimaldi, por todas las esquinas del país.

En España sobra gente,
dice Grimaldi el cruel,
y, como sobran soldados,
los envía para Argel.

30 de junio de 1775. Se había movilizado un convoy de cuatrocientas naves. El plan consistía en desembarcar subrepticiamente en aquella playa de Argel y sorprender al moro, que había atacado Ceuta y Melilla a traición, después de haber firmado un tratado de paz. Pero el moro tenía espías en España y, avisado del ataque por la espalda, estaba esperando a los españoles. Fracasó escandalosamente el desembarco, que mandaba un irlandés llamado don Alejandro O'Reilly. Catástrofe.

Tal vez sea verdad que Otis y otro soldado de leva llamado Linares se encontraban al resguardo de unas rocas, muertos de miedo, cuando llegaron a la playa las chalupas de la fragata *Santa Teresa*, encargadas de reembarcar a los supervivientes.

Corrió la voz de mando por las filas españolas:

—¡Evacuad a los heridos! ¡Evacuad a los heridos!

Todos los presentes hicieron el gesto de salir de sus escondites para ir al encuentro de las chalupas salvadoras. Y el oficial, muy próximo:

—¡Primero, los heridos! ¡Como vea retroceder a alguno entero, le pego un tiro! ¡Evacuad primero a los heridos!

El llamado Linares no se lo pensó ni un momento. Se desgarró la manga de la casaca y, con tajo firme, se abrió un corte en el hombro, procurando que la sangre manara en abundancia a lo largo del brazo.

—Estoy herido —le susurró a Otis—. ¡Vámonos de aquí! —Y, como Otis dudara—: ¡Tienes que ayudarme, que yo no me valgo por mí solo!

Salieron del escondite. Linares arrastraba los pies, como si no pudiera tenerse en pie. Otis cargaba con su peso, tiraba de él penosamente. De todos los puntos del frente salieron heridos ayudados por valientes compañeros que los conducían hacia las barcas. Los soldados ilesos miraban desesperados a su alrededor y preguntaban: «¿Estás herido? ¿Quieres que te ayude? ¿Me dejas que te acompañe?». La playa se llenó de figuras renqueantes que, lentamente, se dirigían hacia el mar. Y los salvadores, desde las chalupas, corrían en su auxilio.

Entonces hicieron fuego los cañones enemigos, y en la playa florecieron explosiones de arena y metralla. Todos los que habían salido al descubierto se convirtieron en un blanco perfecto para los artilleros sarracenos. Muchos echaron a correr, otros saltaron por los aires, otros se echaron de bruces en el suelo, se enterraron en la arena y se abandonaron a su destino.

—¡Corre, por tu vida! —gritó Linares, tratando de soltarse del abrazo protector de Otis.

—¡No! —dijo Otis, agarrotado por el pánico—. ¡Si descubren que no estás herido, nos ejecutarán!

Quién sabe si la anécdota es cierta. El auditorio del fondo del pasillo, en todo caso, se la cree porque no se suele contar el miedo, porque los presidiarios están acostumbrados a presumir de valientes e invulnerables. El relato de Otis les sobrecoge y les impide plantearse verosimilitudes: continúa con un estallido tan repentino e inesperado como todos los estallidos y un puñado de metralla como un mundo que arañó el cráneo del narrador. Una cortina de sangre cubrió el rostro de un soldado de leva de veintitrés años, dando con él en tierra, convenciéndolo de que había muerto. La sangre se mezcló con lágrimas y con un grito de terror. Y alguien le llamaba, haciéndose oír por encima de todas las sorderas, de todos los penetrantes zumbidos que llenaban la cabeza del caído. «¡Otis, Otis!» Providencial bombazo. Ahora ya nadie podría acusarlos de cobardes ni desertores. Ahora ya estaba herido y bien herido. Linares gateó hasta Otis, lo levantó del suelo y cargó con él en dirección a las barcas. Caía sobre la playa un diluvio de fuego y metralla.

—¡Finge que estás muy malherido, Otis! —le gritaba Linares—. ¡Finge que estás muy malherido! —jadeaba, mientras cargaba con él.

Otis tenía ganas de gritarle:

—¡No tengo que fingir nada! *¡Estoy muy malherido!*

Estaban muy cerca ya de su objetivo. Casi se oía con más nitidez el romper de las olas que el fragor del combate y los ayes de los heridos. Chapoteaban ya en el agua. Las olas rompían en rojo, teñidas de sangre. Cuenta la historia que ese día se recogió a tres mil heridos.

—¡Finge que estás muy malherido, que ya llegamos!

Si no fuera porque estaba llorando, a Otis casi le dominarían las ganas de reír.

El oficial que mandaba la operación de rescate corrió a su encuentro. Otis sintió que lo agarraban de un brazo y lo separaban de Linares.

—¡Vamos, vamos! —gritaba el oficial, con fuerte acento italiano—. ¡Arriba, arriba, salgamos de aquí antes de que se nos lleven los demonios!

Otis gritó: «¡Linares!», y se volvió y abrió los ojos, resistiéndose a irse sin su amigo. Y llegó a tiempo de ver que su amigo, blanco como el papel, los ojos muy brillantes y pintados de sangre, caía de rodillas, extenuado, y se ponía a cuatro patas, mostrándole una espalda arrasada, el costillar al descubierto.

—¡Linares!

Hacía un momento que Linares le decía: «Finge que estás malherido», por miedo a que los castigasen. El cañonazo que había herido a Otis a él le había desollado la espalda. Linares había estado salvándole la vida mientras él la perdía. Había cambiado una vida por otra.

Alguien empujó a Otis con violencia al fondo de la embarcación, donde ya se apilaban otros heridos gimientes.

—¡Linares! —gritaba él—. ¡Linares!

Y lloraba.

Los presidiarios escuchan petrificados, boquiabiertos. No es frecuente que otro presidiario confiese que alguna vez lloró.

—¡Linares!

Los marinos ya se habían puesto a remar. Empezaron a alejarse de la playa infernal.

—¡Linares!

El oficial se le vino encima. Le limpió la sangre de la cara.

—Ya no podemos hacer nada por Linares, muchacho. *Trancuilo.* Lo tuyo no es grave. *Trancuilo.* Ya pasó el peligro.

El oficial, poco más joven que él, era un alférez de fragata. Muy italiano en sus rasgos, con gran nariz, boca enérgica, mirada resuelta y directa. Hablaba con acento, y la expresión grave de su rostro denotaba seria preocupación por la salud de los hombres a quienes había rescatado. Más tarde Otis se enteró de que aquel joven oficial se llamaba Alessandro Malaspina.

Probablemente, Otis inventa. No es verosímil que un alférez de fragata bajara en una de las chalupas encargadas de la evacuación de los supervivientes. Pero su auditorio se lo cree, porque es más emocionante esta ficción que la dura realidad que cada uno de ellos ha vivido.

—Ya no podemos hacer nada por Linares, muchacho. *Trancuilo.* Lo tuyo no es grave. *Trancuilo.* Ya pasó el peligro.

El muchacho cerró los ojos y se abandonó al desmayo.

3

En el relato de Otis, los ojos vuelven a abrirse en el transcurso de otro combate naval, esta vez contra los ingleses, cinco años después, durante el bloqueo de Gibraltar.

Los cañonazos como truenos; la niebla densa formada por las explosiones de la pólvora; la marejada provocada por los impactos de las bombas, que levantaban géiseres en torno a los barcos encabritados; una tempestad artificial envolvía a las naves, que cabeceaban en la desmañada maniobra de orzar para encarar los cañones y disparar.

La guerra empezó muy lejos de aquí, cuando las colonias de Norteamérica se lanzaron a la Guerra de la Independencia. España tardó un año en apoyar a los sublevados y a los franceses en el empeño de echar al inglés de las colonias de ultramar. Perdió mucho tiempo negociando, ofreciendo neutralidad a cambio de Gibraltar. Pero Inglaterra no quiso ni oír hablar del trueque y los ejércitos españoles se movilizaron, y lo que empezó con expediciones militares desde Yucatán y Luisiana continuó en las posesiones que Inglaterra tenía en el Mediterráneo: Menorca y Gibraltar.

El *San Julián* era una de las naves de la escuadra de de Juan de Lángara que tomaba parte en el bloqueo de Gibraltar. Estaba comandado por Juan Rodríguez de Valcárcel, marqués de Medina. Uno de los oficiales era el teniente de fragata Alejandro Malaspina. Y uno de los setenta y cuatro artilleros que aplicaban el botafuego a los cañones era Otis.

Hacia finales de 1779, los españoles estaban consiguiendo su objetivo. Desprovistos de víveres, cada vez más debilitados y desalentados, los ingleses de Gibraltar no tardarían en rendir la estratégica plaza. Los españoles estaban a punto de conseguirlo.

Pero el 27 de diciembre zarpó de Inglaterra un convoy de doscientas naves de abastecimiento, protegidas por la poderosa flota del almirante George Rodney, dispuestos a romper el bloqueo. Y, a mediodía del 15 de enero de 1780, semejante monstruo apareció en el horizonte de la escuadra de Juan de Lángara. Éste sólo contaba con nueve navíos y dos fragatas para detener la titánica acometida.

No podían plantar cara. Se dio orden de batirse en retirada, en dirección a Cádiz.

Pero las naves inglesas eran más veloces. A última hora de la tarde alcanzaron a la retaguardia y, cuando empezaron a retumbar los cañones, sus fogonazos destellaban como gritos infernales y se reflejaban en el agua negra.

Los barcos ingleses flanquearon por babor y estribor al barco *Santo Domingo*, que iba en último lugar, y le dispararon simultáneamente. Alcanzado en la santabárbara, el *Santo Domingo* saltó por los aires. Instantes después, cada navío español se veía acosado por tres enemigos.

Cuando cayó la noche, la tempestad que parecía ficticia se espesó alrededor de la batalla y se volvió real. Crecieron las olas hasta barrer las cubiertas, hasta penetrar por las troneras arrastrando cañones y artilleros. El cielo se vino abajo, los truenos se sumaron a las descargas de las baterías y una lluvia intensa enturbió toda visibilidad.

El *San Julián* fue uno de los barcos más asediados. Tres barcos enemigos se turnaban para disparar contra él una descarga mortal que parecía única, interminable, devastadora. En la panza del buque, aplicando el botafuego a uno de los cañones de la primera batería, estaba Otis.

Ensordecido por el fragor, arrebatado por la furia de la batalla, Otis no oyó los gritos de «¡Alto el fuego!», ni tuvo noticia de que se hubieran rendido ni de que tuvieran intención de rendirse. Lo sorprendió el topetazo que sacudió la nave y lo arrojó de bruces sobre el cañón abrasador. Tampoco pudo oír el grito de «¡Abordaje, abordaje!», que corría entre los artilleros despavoridos. Según confiesa ahora, tuvo la primera noticia de la rendición cuando vio que soldados ingleses entraban por los accesos de proa y de popa. Blandían mosquetes y sables con la firmeza de quien se sabe dueño de la situación. Gritaban en inglés, y los artilleros supervivientes, abotagados por el cañoneo, aunque no entendían una palabra, levantaban las manos y obedecían a sus gestos perentorios.

Otis se dejó llevar por el primer impulso. Aprovechando que el cañón estaba apartado de la tronera, a punto para ser alimentado, se precipitó a la abertura y se descolgó hacia el exterior. No era la primera vez que lo hacía. Afianzando manos y pies en las molduras del casco, trepó como un felino hasta cubierta.

Los ingleses habían capturado el barco. La enseña española había desaparecido de su mástil, donde un par de soldados izaban ahora la bandera inglesa. La tripulación española estaba siendo desarmada y arrinconada en los entrepuentes. Todos parecían exhaustos y, sin embargo, firmes y serenos, sin que ningún indicio hiciera pensar que flaqueaba su dignidad. Por la amura de babor descendían por escalas, hacia los botes, el comandante Juan Rodríguez de Valcárcel y otros oficiales, para ser conducidos, como prisioneros, a bordo de un buque inglés.

El único oficial de la Armada Española que los ingleses dejaron a bordo fue el teniente Alejandro Malaspina.

A las dos de la madrugada, había cesado el fuego del combate, pero no había cesado la tormenta. Antes al contrario, la lluvia y el encrespamiento de las olas parecían haberse agudizado. Y el enemigo, que había tenido que dejar la mitad de sus hombres al gobierno de su propio barco, en el *San Julián* era inferior en número a los españoles.

Manteniéndose oculto tras los restos de las escaleras del castillo de popa, sin enemigos que lo mantuvieran a raya y con relativa libertad de movimientos, Otis pudo observar todo lo que sucedió a continuación.

Los ingleses se estaban poniendo nerviosos, y a los prisioneros españoles, en cambio, se los veía enardecidos, vigorosos, dueños de la situación.

Otis se encaramó ligeramente hacia el castillo de popa. Allí estaba Alejandro Malaspina. Tenía la bandera española en la mano izquierda y se negaba rotundamente a rendir su sable.

—¡No cuenten con nosotros, *gentlemen*! —gritaba al oficial inglés que le encañonaba con una pistola.

Se expresaba con una convicción fanática, en pleno arrebato místico. Otis, paseando su mirada desconcertada por los rostros de los prisioneros españoles, observó un brillo significativo en los ojos de todos. Los ingleses estaban más que nerviosos: estaban aterrorizados. Los otros navíos se habían alejado, para que la tempestad no los hiciera chocar unos contra otros, y el *San Julián*, desarbolado y ruinoso, bailaba enloquecido en medio de un mar apocalíptico.

—¡Que el *San Julián* se ha rendido —reconocía Malaspina—, pero no su tripulación!

El oficial inglés no sabía qué hacer. Nunca había imaginado una situación más embarazosa. Hablaba muy de prisa y vibraba la súplica en su tonillo desconsolado.

Estaban pidiendo ayuda a la marinería española para que salvara el barco. Y Malaspina se negaba a echarles una mano. Aunque eso significara que el barco se estrellaría contra la costa y difícilmente iba a sobrevivir nadie.

—«Que el *San Julián* se ha rendido, pero no su tripulación.» Eso me gustó —afirma hoy Otis, viéndose, heroico y exultante, en la cubierta arrasada por el combate y por la lluvia—. Me gustó, y yo también grité, atrayendo la atención de toda la soldadesca: «¡Eso es! ¡Se rinde el *San Julián*, pero no su tripulación!».

—¿Por qué lo hiciste? ¿De verdad preferías morir a entregar el barco? —pregunta un aguafiestas del otro extremo del pasillo, provocando la impaciencia de los demás—. ¿Qué más te daba a ti, si no eras más que un pobre soldado de leva?

Le abuchean y acogotan con gritos de «¡Calla!» y «¡No molestes!», pero no es una mala pregunta.

—¡Porque me miraba en el espejo de Malaspina! —grita Otis, tratando de dominar con su voz las protestas de los presos que dan de cachetes al impertinente. Para ellos, esa media respuesta ya es válida, y la aplauden y repiten como si con ella se cerrase el tema y no hubiera más que hablar.

—¡Porque se miraba en el espejo, cretino!

—¡Toma, para que aprendas a callarte!

—¿No ves que se miraba en el espejo, burro?

—¡A ver si estamos más atentos!

—¡Que es que no te fijas, botarate!

Pero no es mala pregunta. Todo el mundo sabe que la soldadesca de leva, reclutada a la fuerza entre mendigos, vagos y delincuentes, no es de fiar. Tiene justa fama de indolente, cobarde y desertora. Al fin y al cabo, ninguno de sus componentes fue educado en el espíritu militar y patriótico, se encuentran en el ejército como podrían encontrarse en presidio y, para ellos, los oficiales son igual que despóticos carceleros. ¿No es lógico que busquen siempre el modo de eludir las responsabilidades, de burlar las órdenes, de escapar a su condena? Por salir al paso de la objeción, Otis se empeña en contestar, y eleva la voz y reclama atención una y otra vez hasta que se restablece el orden al otro lado de la oscuridad.

—¡Hacía ya seis años que era soldado de leva! —dice—. Y había tenido tiempo de dejar atrás los rencores. Escuchadme: siempre, donde quiera que me haya encontrado, en el orfanato o entre los rufianes, siempre, oídme bien, me he fijado en los que están al mando y he tratado de seguir su ejemplo, para llegar a ser como ellos.

—¡Y mira dónde has venido a parar! —se deja oír otra voz rebelde, que ahora nadie replica.

El silencio desaprueba la filosofía de Otis. El propio silencio de Otis, que por un momento vuelve a tomar conciencia de su encierro, de sus grilletes, de la oscuridad de su celda y de su futuro, desautoriza sus propias palabras. ¿A quién se le ocurre que un golfillo fugado del orfanato pueda llegar a ser nadie en la vida? ¿Cómo se ha dejado engañar por semejantes fantasías? «Al menos, lo intenté», se dice, desalentado.

—¡Venga, Otis! —rompe el denso silencio el oyente incondicional—. ¡Les dijiste que tú tampoco te rendías! ¿Y qué más?

—¿Qué más? —recupera Otis la voz y el entusiasmo.

La súbita irrupción de Otis sirvió de señal para la insurrección. A su grito se sumó el griterío de sus compañeros: «¡Que no vamos a salvaros la vida, ea!», y, al mismo tiempo que él golpeaba al inglés más cercano y le arrebataba el arma, la tripulación prisionera arrolló a sus captores como una riada imparable y endemoniada. Los soldados ingleses se vieron desbordados. El mismo Malaspina desvió la pistola que lo amenazaba y envió a la boca del oficial indeciso un puñetazo que fácilmente hubiera arrancado la mandíbula de alguien menos robusto.

Un clamor embriagante se elevó de la nave *San Julián* en aquel momento y un clamor embriagante llena ahora los pasillos del penal y acompañará el relato de Otis hasta el desenlace de este primer capítulo.

El combate, en cubierta, apenas duró cinco minutos.

—¡Y tendríais que haber visto cómo se batía mi admirado señor Malaspina! Distraído por sus evoluciones de experto esgrimista, en más de una ocasión estuve a punto de recibir un mazazo o una estocada a traición. Tendríais que haberle visto, con el brillante sable en la diestra y la pistola en la izquierda, animándonos en español, blasfemando en italiano, insultando al enemigo en inglés. «¡No podemos permitir que se queden con nuestro barco! ¡No podríamos vivir con semejante humillación en nuestro recuerdo!» Paraba los golpes de quienes aspiraban a presumir algún día de haber acabado con aquel mito, los desarmaba con formidables molinetes, los ensartaba o les descerrajaba tiros a quemarropa... —se entusiasma Otis, y olvida que, una vez disparado un tiro, resulta imposible volver a cargar la pistola mientras se practica la esgrima. Da igual: la evocación del torbellino de muerte, sangre y fuego, ayes de dolor y terror, los tiene poseídos a todos, y narrador y oyentes reviven sus propios combates, vividos o escuchados, reales o imaginarios, y de nuevo la verdad, lo que debió de suceder, es algo que a nadie interesa en absoluto—. Tendríais que haber visto a don Alejandro Malaspina, gritando como un energúmeno, congestionado, peleando, corriendo de un lado para otro, aullando las órdenes para hacerse dueño de la situación. Hasta ese momento, siempre habían despertado mi recelo los señoritingos con estudios y mucha labia. Los consideraba remilgados y cobardes. Malaspina se reveló como una excepción. Le vi jugarse la piel a pecho descubierto...

Nadie sabe a ciencia cierta lo que sucedió realmente en la noche del 15 al 16 de enero de 1780, pero ningún oficial salido de la Escuela de Guardiamarinas de Cádiz aceptaría esta versión de la hazaña de Alejandro Malaspina. Es opinión de los mejores historiadores que no hubo combate a bordo del *San Julián*. Se da por cierto, sí, que Malaspina nunca pactaría con el enemigo, ni aunque eso significara su muerte y la de toda la tripulación. Pero el comportamiento de los ingleses no pudo ser tan pusilánime ni torpe. Simplemente, se vieron obligados a ceder ante las circunstancias adversas. Ellos solos no podían custodiar a los prisioneros y gobernar la maltrecha nave al mismo tiempo, y estaban en medio de una gran tormenta y próximos a los escollos de la costa española, con riesgo inminente de estrellarse contra ellos. Quienes sobrevivieran de todas formas serían capturados por los españoles, en la costa. La versión más autorizada propugna que, en tal contingencia, ante la negativa de los españoles a tomar el gobierno del barco, los ingleses simplemente tuvieron que rendirse. La vida de todos a cambio de la libertad de los españoles.

—... Y, en cuanto arrojamos al último inglés por la borda del *San Julián* —remata Otis, en su entusiasmo, ignorando que Malaspina jamás hubiese arrojado a ningún enemigo a la tempestad—, el sorprendente guerrero dejó paso al marino experto que, con órdenes cortas, secas, precisas, nos envió a nuestros puestos. El contramaestre hacía sonar el silbato intermitentemente, redoblaba la campana de proa. El trinquete aún se mantenía en pie, intacto. Unos fijaron el palo mayor, que oscilaba sujeto por unos pocos obenques. Otros trepamos por las escalas hacia las vergas, donde sujetamos las brazas y restauramos y afianzamos el velamen, corriendo de penol a penol como los titiriteros que pasan la maroma. Otros cargaron con los muertos y los alinearon en la primera batería, los enemigos a babor, los españoles a estribor. Otros bajaron los heridos al sollado. Los carpinteros se precipitaron a cortar las vías de agua, ayudados por los que, accionando las bombas, luchaban contra la inundación. Repentinamente, las velas dejaron de trapear y se tensaron y, como si fueran riendas y el navío un caballo desbocado, sentimos cómo corcoveaba y orzaba, majestuoso, escorando con gallarda chulería, proa al puerto de Cádiz.

Como último saludo, burlón y desdeñoso, del *San Julián* se desprendió la bandera inglesa que, revoloteando como pájaro desmayado, cayó hasta las aguas.

Por esta proeza, Alejandro Malaspina fue nombrado teniente de navío.

Nuestro coro griego de presos depauperados celebra el triunfo del héroe con gritos y vítores y golpeando rítmicamente los barrotes de la celda con sus abolladas escudillas metálicas.

—¡Que viva Malaspina!

2

Santo Oficio

1

A medida que progresa la noche, el narrador nota cómo va perdiendo la atención de su público. Mucho antes de que lleguen los ronquidos, la quietud que va invadiendo el pasillo y el fondo del pasillo indica a Otis que es hora de terminar el capítulo. Mañana deberá rememorar estas últimas palabras, todo lo que diga a partir de este momento, porque serán mayoría los que ya no lo han escuchado. Pone un cuidadoso punto final a la anécdota que estaba contando, más para quedar bien consigo mismo que con sus oyentes, y guarda silencio, y lo prolonga, en espera de alguna voz airada que reclame la continuación del relato. Normalmente, nadie protesta. Y, si protesta, le acalla la voz, cascada y cómplice, del carcelero que ejerce de tramoyista:

—¡Déjale descansar!

Se apaga la última vibración del último espectador, y Otis se queda solo y descubre en ese momento hasta qué punto necesita de sus historias y de las emociones que despiertan en los oyentes, para viajar fuera del encierro. Sabe que relataría sus andanzas a gritos aunque no se lo pidiera nadie. Se imagina vociferando como loco en la oscuridad de la prisión, y agradece de todo corazón, agradece hasta el borde del llanto, que aquellos seres invisibles y broncos del otro lado del pasillo le hagan el favor de pedirle que les cuente sus aventuras.

Soporta la soledad de la noche, generalmente insomne, y le parece que sobrevive gracias a la preparación del capítulo siguiente. Y luego amanece, y los guardianes se llevan a los presos a la cantera, con gran vocerío y tintineo de grilletes, y Otis soporta con impaciencia la soledad de todo un día, viendo pasar un reflejo de luz a través del mínimo ventanuco con barrotes que se abre en la puerta.

A veces, el guardián que viene a traerle la comida, el cómplice viejo de la voz cascada, le pide que continúe su relato en privado, «¿Y qué más pasó?», o reclama el privilegio de detalles que no aparecieron en la narración de la noche anterior, «¿Sabía esgrima Malaspina? ¿O luchaba por instinto, como los animales?». Otis calla, fiel a su público de la noche, se escabulle con evasivas, escucha complaciente las explicaciones del carcelero, narrador aficionado, «Porque yo he conocido a mucha gente que, sin saber esgrima, sólo con su fiereza y su arrojo, conseguían vencer a los más hábiles maestros», y degusta un cierto tipo de poder. Las expectativas, la entrega y la solicitud del carcelero son una forma de sumisión, y la capacidad de captar su interés, de mantenerlo pendiente del hilo de la historia, y la posibilidad de negarle el relato fuera de horas son una forma de dominación. Dominación a pesar de las cadenas, de las llagas, de la miseria, del miedo, de la oscuridad.

Otis prolonga ese placer, regodeándose, cuando ya anochece y llegan los forzados, arrastrando las cadenas y, de inmediato, antes de que les sirvan la cena, antes incluso de que se cierre con estrépito la gran verja de la celda común, empiezan a reclamar la continuación de la historia.

—¡Cuéntanos la historia de Malaspina, Otis!

—¡Continúa lo que contabas ayer, Otis!

—¿Cuándo volviste a ver a Malaspina, Otis? —solicita el que ya ha escuchado la historia más veces y se la sabe de memoria.

—¡Cuéntanos por qué te llaman Otis! —reclama el empecinado.

Otis calla, socarrón, y sonríe casi a su pesar, para sí mismo, una sonrisa de la que, en la tiniebla, ni siquiera es consciente. Se hace de rogar, y así se siente poderoso y feliz, y culmina su satisfacción cuando se aclara la garganta y reemprende su relato y en seguida impera un silencio venerante al fondo del pasillo.

Quién te iba a decir, Otis, que en este encierro hallarías un goce tan intenso y tan espiritual.

2

—Volví a encontrarme con Malaspina un par de años después, a bordo del *Santa Clara*. En el reencuentro, aunque me parece que me reconoció, no creyó necesario dirigirse a mí más que para decirme lo que tenía que hacer, y yo no le dirigí más palabras que «A sus órdenes» u otras fórmulas por el estilo.

Hace Otis una pausa y, en un suspiro, en voz más baja, como si no lo dijera a nadie más que a sí mismo, añade un paréntesis:

—Lo admiraba demasiado.

Y hace una pausa, un punto y aparte, antes de continuar, más alto:

—Es curioso, pero, aunque ese hombre era, es, más joven que yo, le veía como a un padre más que como a un hermano. Admiraba, ¿sabéis lo que admiraba de él?, su sabiduría, sus conocimientos. Ah, muchachos, vosotros no sabéis lo que es leer y escribir, y conocer las leyes de la Naturaleza y las leyes de los hombres. ¡Es poder, muchachos, poder! Entre un hombre instruido y un ignorante hay tanta diferencia como entre el jinete y el caballo que monta. El uno domina al otro. Pero ya sabéis que, por muchos números que enseñemos a un caballo, éste seguirá siendo un bruto...

—¡Yo vi a unos titiriteros —le interrumpe un oyente impaciente, ávido de acción— que tenían un caballo que sabía contar hasta cinco!

—... Es una ley de la Naturaleza, y por tanto es justa —dice Otis, sin hacerle caso—. En cambio, si a todos vosotros os hubieran enseñado gramática y matemáticas y ciencias, habríais podido ser tan sabios y poderosos como los señoritos que os gobiernan...

—¿Acaso a ti no te gobiernan? —grita el respondón.

—Ésta es una ley de los hombres —prosigue Otis, apesadumbrado—. Y, por tanto, injusta.

—¡Anda, Otis! —interviene el incondicional, temiendo que se alboroten sus compañeros, cuya atención nota que va en declive—: ¡Cuéntanos lo del *Santero*!

—El *Santero* era la rata más repugnante del barco —replica Otis casi instintivamente, y en su tono advierten, aun a distancia y en la oscuridad, su mueca de asco—. Se llamaba Santiago Vélez, y le llamábamos el *Santero* porque siempre iba cubierto de escapularios y besando estampas y siseando jaculatorias e imprecaciones.

Un día, a bordo del *Santa Clara*, a uno de los grumetes le desapareció un medallón muy valioso, el último recuerdo que le quedaba de su difunta madre. Tendríais que haber visto cómo lloraba el pobre muchacho y el empeño que puso nuestro comandante Malaspina en recuperar la joya. La mayoría de marineros de a bordo no creían que el medallón ni siquiera existiera.

—Si es más pobre que una rata —decían.

—Y el más embustero del barco —replicaba otro.

—Ése no ha visto un medallón de plata en su vida —se reía el *Santero*—. No sabría diferenciar la plata de la antracita.

Hay que reconocer que el muchacho era muy fantasioso y tan pronto te contaba que descendía de familia noble como que había sido criado por unos cómicos. Lo cierto es que, cuando presumía de alcurnia, lo demostraba haciendo gala de buenas maneras y demostrándonos que sabía leer y escribir y, cuando apelaba a su pasado teatral, nos recitaba largos fragmentos de autores clásicos, «que toda la vida es sueño, y los sueños, sueños son», y cosas por el estilo, pero, de todas formas, yo lo tenía por embustero y desde el primer momento dudé de la veracidad de sus lágrimas y de sus palabras.

Malaspina, sin embargo, le creyó.

Dio una palmada sobre el hombro del grumete y le dijo:

—No te preocupes, chico, que recuperaremos tu joya.

Acto seguido, señaló al *Santero* y ordenó:

—¡Sujetadlo!

Antes de que el *Santero* pudiera reaccionar, varios marineros obedecieron la orden aunque ninguno comprendía el porqué. Mandó Malaspina que registraran sus ropas y envió a otros para que revolvieran el equipaje del beaturrón, en busca de la joya. A pesar de que nadie encontró nada, Malaspina insistió en acusar al *Santero* de ladrón.

—¿Por qué dice eso, señor? —gritaba el *Santero*, mostrando lo que parecía genuino asombro.

—¡Porque tú has robado la joya, *Santero*! —gritó Malaspina con una furia que a todos nos pareció excesiva—. ¡Dinos dónde la guardas!

—¡No he sido yo, señor! —gimoteaba el acusado—. ¡Yo no la robé, señor!

Malaspina le hizo callar señalándolo imperiosamente con dedo acusador.

—¡Escúchame bien, *Santero*! —le dijo—. ¡Ahora mismo te vamos a dar dos docenas de azotes, por ladrón...!

—¡No puede hacer eso, soy inocente, nadie ha encontrado ese maldito medallón en mi poder!

—¡... Y, si al final de esos veinticuatro azotes no nos has dicho dónde está escondida la joya, te daremos otras dos docenas!

El *Santero* lloraba, caía de rodillas suplicando piedad.

—¡Por favor...!

Y terminó Malaspina:

—Si después de recibir las cuatro docenas de azotes continúas diciendo que eres inocente, consideraré que lo eres y que he cometido una injusticia. Entonces, el verdugo podrá darme cuatro docenas de azotes a mí con el mismo látigo que haya sido empleado contra ti.

Al oír esta afirmación, los tripulantes del *Santa*

Clara quedaron sobrecogidos. Y también los presidiarios invisibles del fondo del pasillo.

Arrastraron al *Santero* a la zona de cubierta donde se acostumbraba a cumplir los castigos. Es cierto, como se ha dicho, que Malaspina era muy duro a la hora de aplicar correctivos. Pero el que hubiera robado la joya sabía sobradamente que la disciplina, en los barcos de guerra, es muy férrea y a qué se exponía un ladrón a bordo. Lo inquietante de aquel momento era la seguridad con que el comandante acusaba al *Santero*, como guiado por una implacable inspiración divina.

—¡Atadlo al enjaretado! —ordenó Malaspina.

Habían levantado una de las rejillas de madera con que se cubren las escotillas y la apoyaron firmemente en la borda de estribor. Ataron las muñecas y los tobillos del *Santero* gimoteante y abyecto a la reja, de forma que quedara abierto en aspa y al alcance del látigo.

Solía actuar de cómitre un gigantón llamado Eustaquio, muy bruto y torpe, de brazos enormes, que golpeaba de manera tan maquinal, con tal indiferencia en el rostro, que nadie podía guardarle rencor después del tormento.

—¡Procede! —ordenó Malaspina.

—¡Noo! —aulló el *Santero*.

Cayó el primer golpe, terrible. Y el segundo.

Y, a medida que los cuenta Otis en su celda, casi llegan a él, a través del largo pasillo, los estremecimientos de los otros presidiarios, agarrotados en la oscuridad. Todos ellos, sin duda, han pasado alguna vez por un tormento similar. Todos ellos recuerdan horripilados el dolor que produce el rebenque cada vez que muerde la espalda, enrojeciéndola primero, desgarrándola al fin.

—...Cinco, seis...

Tal vez otro miembro de la tripulación, en una situación como aquélla, hubiera aceptado la apuesta de Malaspina. Si el *Santero* soportaba estoicamente las cuatro docenas de azotes, el oficial se vería obligado a someterse al mismo castigo. Más de un marino apretó los dientes y pidió a su santo favorito que don Alejandro Malaspina se viera en la obligación de quitarse la casaca y la camisa y ofrecer su espalda al verdugo.

Pero el *Santero* no tenía la resistencia necesaria.

—¡Si llegamos a las dos docenas y no has confesado, recibirás otras dos docenas, canalla! —le recordaba Malaspina.

—...Nueve, diez...

El *Santero* ni siquiera resistió la primera docena.

—¿Cómo lo sabe? —gritó de repente, convertido el gimoteante cobarde en rabiosa, feroz alimaña—. ¿Cómo ha podido saber que yo robé la joya?

—¿Dónde la tienes escondida?

—¡En uno de los pañoles de víveres! ¡Debajo de un listón suelto!

Continuaron cayendo latigazos sobre su espalda ensangrentada. Trece, catorce, quince... Y más furioso que nunca, tan encrespado que parecía una fuerza de la Naturaleza encadenada, que hacía pensar que podría destruir toda la nave cuando lo desataran, volvió a preguntar:

—¿Cómo puede haberlo sabido?

—¡Porque nadie había dicho que el medallón fuera de plata! —proclamó entonces Malaspina, altanero y desdeñoso, ufanándose de su inteligencia y superioridad—. ¡Y nadie lo ha visto nunca! ¡Sólo el dueño y el ladrón podían saber de qué material está hecho!

Como si acabara de escuchar exactamente lo que quería, el *Santero* se desmayó.

Alejandro Malaspina era muy riguroso a la hora de hacer respetar la ley. Todos los enemigos que tuvo, que fueron muchos, se los ganó a pulso a fuerza de honradez, rectitud e intransigencia.

3

—Como os decía, nunca me atreví a manifestarle la admiración que despertaba en mí. Por las noches, con frecuencia, me escondía en cubierta para observarle. Si iba leyendo, me fascinaba su abstracción, que lo alejaba de este mundo y lo transportaba a otro donde sólo él podía viajar. Si hablaba con otros oficiales o con el capellán, me entusiasmaba su sabiduría, su capacidad de dar la réplica por igual a quien le hablara de matemáticas que a quien disertara sobre teología.

Otis recuerda a la perfección una noche de julio o agosto de 1782, a bordo del *Santa Clara*.

Confundido entre las sombras de cubierta, escuchaba atentamente la conversación que sostenían don Alejandro Malaspina y don Patricio Manzanera, el capellán de a bordo. Para él, no tenía ningún sentido lo que decía ninguno de los dos. En el recuerdo, remeda la discusión exclamando con vehemencia: «¡Que yo le digo a usted que sí! ¡Que yo le digo a usted que no!». Lo que le interesa es el aplomo con que el valiente Malaspina se encaraba al sacerdote y le replicaba como si hubiera cursado tantos o más estudios que él. Bien es verdad que ya entonces corría el dicho que afirma que «los médicos y los curas militares ni son médicos, ni son curas, ni son militares», y que muy posiblemente hubiera estudiado y leído mucho más un ilustrado como Malaspina que un representante de las tinieblas medievales como era el cura Manzanera; pero eso a Otis le daba igual. Asistía el admirador secreto a una lucha entre dos poderes, había tomado partido y sólo estaba esperando ver quién ganaba.

Un ruido atrajo la atención de Otis hacia babor. Alguien rezongaba y trajinaba con unos cabos, en un movimiento furtivo. En seguida reconoció al *Santero*. Desde el incidente del medallón de plata, aquel individuo se había ganado la antipatía de toda la tripulación.

Al contrario que Otis, seguramente el *Santero* estaba más atento al contenido de la discusión que a su forma, a juzgar por el comentario que al final de ella se permitió. Y lo mismo debía suceder con el maestre de víveres, don Agustín Alcaraz, que andaba por allí cerca, y con el piloto del buque, un tal don Manuel Nosecuántos, y el contador de la nave, don Francisco Garriga, que, según diría más tarde, salió de su cámara a ver qué sucedía, atraído por los gritos.

Fue el cura quien profirió los gritos, escandalizado sobremanera ante una atrevida afirmación de Malaspina.

—No se puede uno imaginar infierno peor que este mundo en que vivimos, capellán —había dicho el oficial—. A veces me pregunto si las almas de los que mueren no pasarán a los cuerpos de recién nacidos, condenadas a vivir otra vez una larga vida...

—¿Está usted defendiendo la transmigración de las almas? —chilló don Patricio Manzanera, en un tono tan agudo que hasta las ratas debieron de sobrecogerse—. ¿Está negando la existencia del infierno? ¡Como le vuelva a oír una afirmación semejante, puede estar seguro de que hablaré de usted al Tribunal del Santo Oficio...!

Mientras continuaban sus alaridos, «que ya he observado que tiene usted tendencias impías», comentó el *Santero* por lo bajini:

—Buena idea, capellán. Si no lo hace usted, lo haré yo...

Otis pegó un salto, como si acabaran de quemarlo con un hierro al rojo, y cayó sobre el beaturrón. Lo agarró de la ropa, lo derribó al suelo y le plantó una rodilla en el pecho.

—¡Si te atreves a hacerlo, te mataré, *Santero*! —le prometió—. ¿Me oyes? ¡Te mataré!

4

Dos años después, en el 85, Otis se encontraba en el Puerto de Santa María, provincia de Cádiz. Después de que se firmase la paz con los franceses, en el Tratado de Versalles, en 1783, los soldados de leva que se habían destacado en actos de guerra y que quisieron abandonar la vida militar fueron licenciados, y Otis entre ellos. Por aquellas fechas, dice risueño, se sentía libre y feliz y estaba empezando a planear un viaje a las Indias, donde decían que hasta los más tontos hacían fortuna.

Una noche, el azar le llevó a una taberna, y provocó el encuentro con un compañero de la tripulación del *Santa Clara* que se había licenciado al mismo tiempo que él, un tal Álvaro, que cojeaba por culpa del mandoble fallido de un compatriota.

—¡Álvaro, el cojitranco!

—¡Pero si aquí tenemos a Otis! ¡Vigilad vuestras bolsas, caballeros!

Abrazos y risas y vino y pescaditos fritos para celebrar el encuentro. Intercambio de peripecias de tiempos de guerra, recuerdos sin nostalgia, con la alegría de quien se ha librado de una funesta maldición.

Inevitablemente, Otis preguntó por Malaspina.

—¿Qué se sabe de él?

—¡Huy, noticias frescas! ¡No me gustaría estar en su piel en estos momentos!

—¿Pues qué ocurre?

Y, en voz baja, dijo Álvaro:

—La Inquisición.

Palabra fatídica que encogió el ánimo de Otis y que ahora encoge el ánimo de los presidiarios de las sombras. Nuestro coro griego en celda lobreguísima se estremece al nombre de lo impronunciable. Asustados, se miran buscando el uno la complicidad del otro mientras balbucean, en susurro reverente:

—La Inquisición...

—Diantres, la Inquisición...

—¡Pobre hombre...! La Inquisición...

Alguno de los oyentes habrá sido condenado alguna vez, por la Inquisición, a recibir doscientos azotes por vestirse con hábito de franciscano en época de Carnestolendas. O habrá sido humillado por toda la ciudad, con sambenito y media aspa y una vela de cera amarilla en las manos, por decirle a una mujer, como piropo: «Divina Teresa, *ora pro nobis*». Si empezaran a contar, no pararían. Uno de los presentes fue criado de un señor al que se acusó de poseer unas cajas de cigarros decoradas con ilustraciones deshonestas. El Santo Oficio podía caer sobre cualquier ciudadano y condenarlo a un mes de ejercicios espirituales si, por Pascua Florida, un cura lo sorprendía sin la cédula de confesión.

—¿Qué tiene la Inquisición contra Malaspina? —saltó Otis.

—Lo están investigando —le susurró Álvaro.

Para ponerle al corriente de los hechos, Álvaro tuvo que hacer un poco de autobiografía. Contó que había dejado la nave *Santa Clara* junto al piloto llamado Manuel Nosecuántos, y los dos habían ido a instalarse en el Puerto de Santa María. Hacía pocos días que el comisario del Santo Oficio se había presentado a ver a Manuel para pedirle que confirmara rumores que corrían acerca de Malaspina.

—¿Rumores? —se exaltaba Otis.

—Alguien denunció que, a bordo del *Santa Clara*, Malaspina tuvo una discusión con el capellán y dijo que las almas de los pecadores no van al infierno, y que se puede conocer carnalmente a cualquier mujer sin pecar, como no sea la hermana o la madre, y que descolgó la imagen de Santa Clara que había en su cámara.

—¡Todo eso es falso! —protestó Otis, aunque él sabía bien que no.

—No digas eso, Otis —le salió al paso Álvaro, un poco sorprendido—. Sabes tan bien como yo que Malaspina no asistía a misa, o la oía paseando, distraído y con el sombrero puesto. Cuando se rezaba el Santo Rosario en cubierta, a lo mejor se presentaba sin medias y con chinelas. O se iba a acostar a su cámara. O a leer. Y ya sabes lo que leía: libros ingleses y franceses...

—¡Y qué sabrás tú, si no sabes leer! —le cortó Otis.

—No entiendo por qué te exaltas tanto, Otis... Al fin y al cabo, no tengo noticia de que aún le hayan hecho nada a ese Malaspina...

—¿Quién lo denunció? —cabrilleaba en los ojos de Otis una insania amenazante.

—Pues no lo sé. Ya sabes que la Inquisición guarda en secreto a sus confidentes...

Otis se quedó muy quieto, abstraído, con la mirada fija en algún punto de sus recuerdos.

Más tarde, los historiadores han sabido y divulgado que el delator de Malaspina fue don Agustín Alcaraz, maestre de víveres del departamento de Cartagena, que fue testigo de la discusión entre Malaspina y el cura Manzanera. Pero, en aquel momento, a Otis no le cabía la menor duda de quién había sido el soplón.

—El *Santero* —dijo, poniéndose en pie.

—¿Qué dices? —se sorprendió su interlocutor, asombrado por su extraño comportamiento.

—El *Santero* —repitió Otis, saliendo ya de la taberna, arrastrado por una resolución que nadie podía detener. No dejaba de repetir—: El *Santero*.

Tenía noticias de que el *Santero* se había ido a vivir a Madrid.

Fue a buscarlo a Madrid.

Aquella misma noche, tomó un caballo y salió del Puerto de Santa María, al galope tendido, con la intención de no detenerse hasta llegar a la capital del Reino.

Atrás dejó a un hombre muy enfadado que gritaba: «¡Al ladrón, al ladrón!», y «¡Devolvedme mi caballo, devolvedme mi caballo!».

Un final de capítulo como éste garantizaba las carcajadas de aquel auditorio de ladrones.

3

Ciudad de mala vida

1

Otis, en su celda oscura, habla como el loco que habla consigo mismo. De pronto se ha olvidado del público, se diría incluso que pierde el hilo de su relato y, después de una larga pausa, con un suspiro profundo, empieza:

—La siguiente vez que vi a Malaspina fue en Acapulco. Acapulco es un hermoso puerto de Nueva España, América. Eso fue en marzo de 1791...

Griterío de protesta por la interrupción.

—¡Eh, Otis! ¿Qué dices?

—¡Cuéntanos lo que pasó con el *Santero*!

—... Llegó al mando de la famosa Expedición Malaspina —continúa Otis.

—¿Pero quién? ¿El *Santero*?

—¡Eh, Otis!

—¿Qué pasa? ¿No nos oyes?

—¡Callaos! —interviene el que ya ha escuchado el relato en numerosas ocasiones y está acostumbrado a las digresiones del narrador—. ¡Dejad que lo cuente a su modo! ¡Dejadle, que es mucho más interesante así!

—¿Pero contará lo del *Santero*?

—¡Claro que lo contará!

—Que no se le olvide, ¿eh?

—No se le olvidará. ¡Continúa, Otis! ¿Qué pasaba en Acapulco?

—Que llegó la Expedición Malaspina. ¿Oísteis hablar alguna vez de esa expedición?

—¡No! —contestan dóciles los presos, como niños en una sesión de títeres, a pesar de que casi todos conocen la existencia de aquel viaje que dio tanto que hablar.

—Fue una excursión científica que organizó el rey Carlos III para demostrar que los españoles somos tan listos y aventajados como los ingleses o los franceses.

El coro de presos, público agradecido, jalea las palabras de Otis como si les fuera la vida en ello.

—¡Eso! ¡Darles su merecido a los malditos ingleses!

—¡Y a los franchutes!

Uno de los presos, al que interesan poco los viajes científicos, aprovecha el alboroto para pedir:

—¡Cuenta por qué te llaman Otis!

Pero en seguida lo hacen callar, con chistidos y gorrazos.

—¡Calla tú, importuno!

—¡Cada cosa a su tiempo!

—¡Sigue, Otis! ¿Qué pasaba con esa expedición?

Otis no sabe mucho más que lo que acaba de exponer, pero su verbo fácil y seductor le permite convencer a su público de que, prácticamente, formó parte de la comisión organizadora del evento. En cuatro palabras, resume que los ingleses y los franceses (omite los nombres de James Cook y de Jean François Galaup de La Pérouse porque los desconoce) fueron a recorrer sus colonias para tomar nota de todas las plantas y todos los animales raros que había en ellas. Pusieron nombres en latín a todas las hierbas que encontraron (asegura Otis), desde el árbol más grande hasta la florecita más minúscula, y anotaron cada uno de esos nombres en libros y libretas para que no se les olvidaran. Y a eso (añade, con cierta petulancia) se le llama conocimiento enciclopédico.

Como se comprenderá, en cuanto tuvo noticia de tales viajes y estudios extranjeros, el rey Carlos III decidió que España no podía ser menos y ordenó que Malaspina hiciera algo parecido, dando una vuelta al mundo que debía durar entre cuatro y cinco años. Bueno, en realidad la idea había salido de los magines del entonces ya capitán de navío Alejandro Malaspina y del teniente general José Bustamante y Guerra. Ellos llevaron el proyecto al despacho del ministro de Marina, el bailío frey don Antonio Valdés y Bazán («que también es muy buen hombre», añade Otis, magnánimo), y finalmente fue a parar a manos de su majestad el rey, que lo aprobó.

Lo que comprenden los bravos muchachos de la celda común, no obstante, es mucho más rico que todo esto. Más de cerca o más de lejos, ellos han vivido las mutaciones de la sociedad a lo largo del último siglo y, aun sin querer, a pesar de su torpeza mental y de su falta de cultura, algo han captado y algo de su cosecha personal pueden añadir al discurso de Otis.

2

Durante el siglo XVII había imperado en este país un espíritu pesimista, viejo y oscuro, que defendía que «cualquiera tiempo pasado fue mejor», que las tradiciones merecían veneración por el solo hecho de haber perdurado durante años y que las innovaciones sólo servían para alterar los ánimos y el orden moral. A lo largo del siglo XVIII, en cambio, esa filosofía ha ido siendo sustituida por una actitud joven y optimista basada en la convicción de que el hombre puede y debe cambiar el mundo para mejorarlo y lograr un futuro perfecto.

Los más avanzados pensadores de la época estaban convencidos de que el estudio y el saber encienden una luz en la mente de los hombres y abren las puertas para acceder a una vida más justa y más libre, regida por el amor fraternal. Por eso se le ha dado a este siglo el nombre de *Siglo de las Luces*, y al movimiento investigador e idealista se le llama *Ilustración* o *Enciclopedismo*, porque propugnaba que la cultura debía abarcar el mayor número de temas posibles y llegar al mayor número de personas posible.

A partir de mediados de siglo, en las tertulias de los cafés se habló de asuntos ignorados hasta la época y que, de pronto, se hicieron sumamente importantes: la educación, la economía, la política. Se editaron innumerables periódicos, se tradujo gran cantidad de libros extranjeros. Todo el mundo se veía capaz de formarse una opinión y de expresarla.

Incluso un individuo como Otis, salido del arroyo, reconocía, como hemos visto, el poder de la cultura y aspiraba a él, y defendía el estudio y el conocimiento como solución a todos los males.

Sin duda, don Alejandro Malaspina es un ilustrado, producto de su tiempo, culto, defensor de la Razón y del Razonamiento por encima de los Dogmas, de la Tradición y de la Intransigencia. Y los viajes que hizo por todo el mundo eran reflejo de su necesidad insaciable de adquirir sabiduría.

En el año 1783, ya con el grado de capitán de fragata, comandó un largo viaje a las Filipinas, en la nave *Asunción*, para transmitir a las colonias del Pacífico la noticia del reciente tratado de paz firmado con Gran Bretaña. Y, a lo largo de los años 1786, 87 y 88, al mando de la fragata *Astrea*, dio la vuelta al mundo, realizando una importante misión bajo los auspicios de la Compañía de Filipinas.

Poco tiempo después de su regreso, el 10 de septiembre de 1788, presentaba, juntamente con José Bustamante, su *Plan de un viaje científico y político alrededor del mundo*, que fue prontamente aprobado por el rey en octubre.

Se contrató a los mejores oficiales del momento, a los más destacados científicos de España y del extranjero, y a los más brillantes y precisos dibujantes y pintores para que plasmaran fielmente todas las maravillas que se disponían a contemplar. Participaron en el proyecto instituciones de tanto prestigio como las Academias de Ciencias de París, Londres y Turín, el Jardín Botánico y el Gabinete de Historia Natural de Madrid y la Academia de Guardiamarinas gaditana. Se consiguieron los más modernos instrumentos de medición que se conocían en Europa, tales como el cronómetro número 61 de Arnold, y todo un surtido de lentes acromáticas y aparatos estrambóticos, como sextantes, teodolitos y hasta uno denominado megámetro.

Y se construyeron expresamente para este viaje dos corbetas gemelas de 306 toneladas y 120 pies de eslora, con capacidad para almacenar dos años de víveres para los ciento dos tripulantes de cada una de ellas.

Algo de todo esto ha llegado a los oídos de algunos de los presos, debidamente exagerado y desorbitado. Alguno lo hubiera resumido en estas palabras:

—Lo de siempre: mientras la mayoría se muere de hambre, ellos se gastan millones en tonterías.

Sería inútil tratar de convencerles de las zancadas de gigante que, en cada uno de estos viajes científicos, da la Humanidad hacia la perfección.

Y no sólo en estos viajes. Otra zancada de gigante para la Humanidad se estaba dando en aquellos momentos en la cercana Francia.

El 14 de julio de 1789, dieciséis días antes de que zarparan las dos corbetas de Cádiz, el pueblo de París, erizado de guadañas y palos y antorchas, vociferante y arrollador, se rebelaba contra la autoridad real y tomaba la Bastilla, antigua fortaleza convertida por Richelieu en prisión del Estado. Acababa de estallar la Revolución Francesa.

En la corte española, que se miraba más que nunca en el espejo extranjero, aquel hecho causó un creciente malestar.

Le preguntaba el camarero del café al intelectual refinado, pedante y afrancesado:

—¿Creéis que aquí podría ocurrir algo parecido a lo que pasa en Francia, señor?

Y respondía el intelectual:

—¿Por qué no? Esta revolución es producto de la razón, de la justicia, de la libertad, de la igualdad, de la fraternidad... Y los españoles no somos menos civilizados que los franceses.

Le preguntaba el criado al aristócrata cerril:

—¿Creéis que aquí podría ocurrir algo parecido a lo que pasa en Francia, señor?

Y respondía el aristócrata asustado:

—¡Dios mío, claro que sí! ¡Esta revolución es producto del librepensamiento, de la anarquía, del libertinaje del populacho y de la tolerancia de los gobernantes! ¡Y de todo ello aquí nos sobra!

Entre noticias políticas inquietantes y desasosegados artículos y crónicas, los periódicos de todo el país anunciaron que, el 30 de julio de 1789, emprendían su viaje alrededor del mundo las corbetas *Descubierta* y *Atrevida*.

Hubo un cambio de planes. No dieron la vuelta al mundo. Después de dos meses en Montevideo, virreinato del Río de la Plata, los expedicionarios hicieron el reconocimiento de las Islas Malvinas, rodearon el Cabo de Hornos y subieron, por la costa del Pacífico, rumbo norte, hacia México.

Iban estudiando a fondo la naturaleza del Nuevo Mundo, del cual tan poco se conocía. Dibujaron mapas, recogieron especímenes de flora desconocida hasta entonces, se registraron nuevas especies animales y se estudiaron las costumbres de pueblos indígenas como los patagones (de cuyo idioma se hizo un diccionario), los huiliche y renquelque de Chile, y los shipibo, guagua, omagua, llagra, yuri e iquito del Amazonas...

El 1 de febrero de 1791, año y medio después de haber salido de Cádiz, la corbeta *Atrevida*, comandada por don José Bustamante, llegó en solitario al puerto de Acapulco.

Y allí estaba Otis.

3

Cuando Otis menciona distraídamente «la mala vida de Acapulco», en la celda comunitaria pueden escucharse murmullos ansiosos, ese rumor confuso que suele arropar palabras como «ahora viene lo bueno» y preguntas que nadie se atreve a formular concretamente. El narrador sabe que es éste un capítulo muy comentado y muy esperado por sus oyentes y, por tanto, se hace de rogar.

Describe Acapulco como una pequeña población a orillas del Pacífico animada por los viajeros de paso, los aventureros, los forajidos, los apátridas que venían de ninguna parte y no sabían adónde iban. Unos llegaban del interior de México, cansados de hacer y deshacer las Américas, para embarcarse en dirección a Asia. Otros llegaban por mar. En los barcos procedentes de las Filipinas, repletos siempre de inmigrantes en busca de fortuna, o en los barcos de guerra españoles que vigilaban que nadie violase su territorio, o en los barcos rusos que se aventuraban más al sur de lo que les correspondía, o en los barcos de bandera desconocida donde viajaban contrabandistas y corsarios mal disfrazados de comerciantes.

Otis era uno de esos transeúntes. Pero nunca dice de dónde procedía ni adónde iba, ni cuáles eran sus intenciones, ni cómo ganaba su dinero. Había celebrado la llegada de la corbeta *Atrevida* y se había mostrado decepcionado al saber que no viajaba en ella su admirado Malaspina. Había seguido con curiosidad el desembarco de la tripulación, se había hecho el encontradizo con los marineros, y les servía de guía y consejero, recomendándoles las pulquerías y las muchachas de confianza, invitándolos a pulque, chicha y charape, apostando con ellos en las bulliciosas peleas de gallos, previniéndolos contra las enfermedades frecuentes de la zona (fiebres tercianas, disentería y el mal gálico que, decían, traían los filipinos del galeón de Manila) y consiguiéndoles remedios para curarlas. Tanto gustó a los recién llegados el Acapulco que Otis les mostraba, que, una semana después de su llegada, diez o doce de ellos desertaron.

Otis recuerda el incidente con sonrisa triste y cabeceos indulgentes, porque había llegado a trabar una firme amistad con uno de los fugados, un artillero gallego llamado Barbeito, dominado a partes iguales por la morriña y por la belleza de las chinitas.

Tardaron en encontrar a los fugitivos, y Otis jura que rezó por que no los encontraran nunca. Pero José Bustamante, el comandante de la *Atrevida*, ofreció una recompensa de diez pesos por cada hombre capturado, y los indios flecheros se pusieron a la tarea con tanto entusiasmo como eficacia. Los desertores fueron azotados a la vista de toda la población, tal vez para castigar también a las hipotéticas mujeres que pudieran haberles tentado, y luego fueron metidos en el cepo. También corrían rumores de que les iban a descontar no sé qué cantidad de su sueldo, en concepto de multa.

A partir de aquel suceso, a la tripulación de la *Atrevida* le fue rigurosamente prohibido el desembarco. Y el cicerone regresó, abatido y desanimado, a su habitación en la venta, a sus amigotes de la pulquería y a sus peleas de gallos, que le parecían menos bulliciosas que antes.

Días después (reemprende Otis después de un minuto de silencio en memoria de los que sufrieron persecución de la justicia), llegó procedente de México un señor con un criado y dos mulas. Resultó ser el pintor Tomás de Suria, el mejor artista que Otis haya visto en su vida.

—Me hizo un retrato y todo, cuando estábamos en Nutka —presume.

Eso sí que es importante. Ninguno de sus oyentes ha sido nunca retratado. Ni lleva camino de serlo nunca.

Un mes más tarde de su llegada, la *Atrevida* salió con rumbo al puerto de San Blas, antigua base naval asentada en 1768 con la intención de controlar la presencia de los rusos en el noroeste de América. José Bustamante y los suyos decían que los llevaba allí la intención de realizar los levantamientos hidrográficos del puerto y hacer acopio de algunos pertrechos necesarios para proseguir viaje. Hay quien piensa que huían de la mala vida de Acapulco, de las deserciones, reyertas y demás.

El regreso cansino de Otis a su hamaca. El gesto voluptuoso de echarse en ella, entrelazar los dedos tras la nuca y balancearse perezosamente mirando al techo y pensando en quién sabe qué.

A pesar de estar en el mes de febrero, hacía un calor que favorecía la desidia, el abotagamiento y la desnudez.

La palabra desnudez seca las bocas de los presidiarios, como si estuvieran sufriendo el mismo calor tropical de que habla Otis.

Otis continuaba columpiándose en la hamaca, que colgaba de dos escarpias fijadas a las paredes de su habitación, cuando un barullo tumultuoso, carreras precipitadas, gritos incomprensibles y risas ahogadas, procedentes de la calle, le arrancaron del sueño. Hacía todavía mucho sol, el sudor goteaba por todo el cuerpo. ¿Qué demonios podía estar sucediendo para que la gente anduviera tan alborotada?

Saltó de la hamaca y se asomó al balcón.

La luz le hizo entornar los ojos, y el horizonte del mar, tan azul y tan sereno, llenó sus pulmones de felicidad.

—Creo que en toda mi vida no me he sentido tan dichoso como durante aquel tiempo que pasé en Acapulco —recuerda, y suspira.

Constaba el pueblo de unas ciento treinta casas de ladrillo y tejas, con porches que protegían las aceras del sol abrasador. Aquellas casas pertenecían, en su mayoría, a soldados de la guarnición acuartelada en el imponente castillo de San Carlos. Demasiado castillo para tan poca población, demasiados soldados (ciento tres entre sargentos, cabos, infantes y artilleros) para tan poco quehacer. Como eran los únicos que contaban con un sueldo fijo, los soldados habían podido establecer diversos comercios, entre los que abundaban las pulperías, donde se despachaban abarrotes de todo tipo, y las pulquerías, donde lo mismo se despachaba vino canario que charape o chicha.

Se relamen los presos en su maloliente oscuridad. Charape, hummm, sea lo que sea. Chicha, hummm, como néctar y ambrosía. Humm, sean lo que sean.

Mucho más numerosas eran las casas de adobe, con techo de ramas y palmas, donde vivían numerosos orientales, negros, mestizos y mulatos, algunos de los cuales trabajaban la tierra. Hortalizas, maíz, no mucho más. El 9 de febrero, ocho días después de la llegada de la corbeta *Atrevida*, se había desencadenado sobre Acapulco una tempestad espantosa, como no se había visto por allí en muchos años, y la mayoría de las cabañas de adobe habían quedado reducidas a ruinas.

—Lo más bonito de aquel paraíso —dice Otis a continuación, con voz más alegre, como si su imaginación todavía se regodeara ahora con aquel paisaje estupendo— era la mezcolanza de razas. Aquel colorido en las pieles y en las ropas, el abandono con que veías a los ciudadanos tirados de cualquier manera, durante el día, por las calles. Y la alegría que estallaba en cuanto se ponía el sol.

Aquel día, 27 de marzo de 1791, la alegría había estallado mucho antes de ponerse el sol. Bajo el balcón donde estaba Otis, una muchedumbre corría en dirección al puerto.

—Muchachos, tendríais que haber visto lo que era aquello. Gente de raza amarilla, filipinos en su mayoría (aunque allí los llamaban chinos), negros y negras, blancos, mulatos, mestizos. Y todos medio vestidos, o medio desnudos, con ropas de colores vivos, brillantes como banderas.

Los hombres solían vestir chaleco sobre el torso desnudo, o una camisa abierta hasta la cintura, y unos calzones muy ligeros, de hilo. Sin medias y descalzos. Se tocaban con sombreros de palma, de ala ancha, o pañuelos anudados en torno a la cabeza. Las mujeres usaban camisas de una tela filipina, muy corriente por allí, llamada medriñaque, y faldas de rayas azules hasta los pies descalzos, y llevaban a modo de chal pañuelos muy amplios. Las negras (suelta Otis al fin, como quien concede un favor insistentemente solicitado) solían andar desnudas de cintura para arriba.

Su auditorio exhala un suspiro de éxtasis, los ojos cerrados, la imaginación formando quién sabe qué fantasías delirantes.

—¡Vamos, Otis, corre, que ha llegado la *Descubierta*!

La *Descubierta*. Claro. Hacía tiempo que la esperaban. La corbeta en que viajaba Alejandro Malaspina. Allí estaba. Fondeada en medio de la bahía, todavía con las velas desplegadas.

La llegada de un barco, tanto si venía de Europa como si venía de Asia, significaba la prosperidad para Acapulco. De entrada, hacían pagar un peaje de cincuenta pesos, que iba destinado al Hospital de

San Hipólito. A la llamada nao de China, procedente de Filipinas, con su desbordante cargamento de inmigrantes y productos asiáticos, le hacían pagar, excepcionalmente, un peaje de ochocientos pesos. Cuando aparecía un barco en el horizonte, la gente del pueblo corría a proveerse de todo lo necesario para su casa porque sabía que los precios de los víveres, de los transportes y de todos los servicios se duplicarían en breve.

La tradición que obliga a todo marino a tener una novia en cada puerto hacía que abundaran las muchachas cariñosas en las calles, y también ellas duplicaban la tarifa cuando se avistaba un velero en lontananza. Muchos habitantes se iban a visitar a parientes lejanos y dejaban las casas alquiladas por precios desorbitados a los recién llegados. Era una forma de ganar dinero y también una muestra de prudencia. Porque, cuando los marineros desembarcan después de una larga travesía, puede pasar cualquier cosa.

En cambio, los habitantes de Tixtla, Chilapa y otras poblaciones vecinas bajaban a Acapulco cargados de hortalizas, legumbres, frutas, huevos, gallinas, batatas y provisiones más que suficientes para saciar a una tripulación harta ya de la salazón que solía darse a bordo. En una auténtica caravana, llegaban centenares de reses, vivas y muertas, y carros de frijoles, de manteca, de arroz, de harina, de azúcar, de panocha, de maíz, de queso, de plátano, de combustibles para la iluminación nocturna.

La llegada de un barco era la riqueza. Era la prosperidad.

Otis adivinaba la excitación y la alegría de los marineros de la *Descubierta*, sus ansias por bajar a tierra. Y la euforia de aquel día luminoso, de cielo limpio y mar calma, se le contagió.

Corrió a la mesa desvencijada donde hacía casi un mes que estaba escribiendo una carta. Se propuso terminarla aquel mismo día.

La carta empezaba diciendo:

«Distinguido capitán Malaspina:

Dudo que usted me recuerde, pero yo sí que le recuerdo a usted, y con muy grata memoria...»

4

Lo primero que ordenó Malaspina, en cuanto la *Descubierta* fondeó en la bahía de Acapulco, fue una limpieza a fondo para liberar al barco de un cargamento de cucarachas que los había invadido aprovechando su escala en Puerto Perico (Panamá). En el tiempo que ellos necesitaron para deshacerse de los insectos, Otis terminó su carta.

Hubiera deseado entregarla personalmente, en mano, al mismo Malaspina, pero le pareció más elegante utilizar un criado como emisario. Confió la carta y unas monedas a un muchacho mulato, semidesnudo, que algunas veces le había hecho favores, y el muchacho se fue corriendo al puerto.

¡Lo que hubiera dado Otis a cambio de un catalejo que le permitiera seguir detenidamente cada uno de los movimientos del mulato! Más tarde exigió que el chico le contara con exactitud lo que había hecho.

En el puerto estaban desembarcando a aquellos marineros de la *Descubierta* que se encontraban heridos o enfermos. El mensajero se había dirigido al que parecía comandar la operación, un oficial de impecable uniforme, y le había confiado el sobre lacrado, pidiéndole que lo hiciera llegar a manos del capitán Malaspina.

Eso era todo. No quedaba más que esperar la respuesta.

Once días después de su llegada al puerto de Acapulco, el 7 de abril, el comandante Alejandro Malaspina se fue con su cortejo a la ciudad de México, y la respuesta a la carta de Otis todavía no había llegado.

Aquella noche, trabó amistad con unos cuantos miembros de la tripulación. Igual que había hecho con los marineros de la *Atrevida*, también a éstos les sirvió de consejero y guía. Pero esta vez quienes le conocían observaron en él una excitación anormal, una ansiedad excesiva, una generosidad insólita. Les preguntaba por lo que habían visto en su viaje, y le contaban cosas como ballenas a la altura del Ecuador y el entusiasmo de los científicos de a bordo, que siempre habían creído que esos animales sólo vivían en los polos. Pero la respuesta interesaba tan poco al que la daba como al que la recibía. En realidad, los simples marineros de la expedición ya estaban hartos de ver animales raros y de las manipulaciones incomprensibles de los sabihondos de a bordo. Ellos sólo tenían ganas de darse unos achuchones con una mujer antes de que se les olvidara cómo se hacía, y Otis sólo tenía en la punta de la lengua una pregunta realmente interesante: ¿Sabían si Malaspina había recibido una carta, sabían si la había leído, sabían si había hecho algún comentario respecto a ella?

Mientras Malaspina alternaba con los ilustrados de la ciudad de México, y visitaba archivos, bibliotecas y colecciones de todo tipo, y discutía de política y de astronomía, y miraba las estrellas a través de potentes telescopios, y le sacaba unos cuantos miles de pesos al virrey, conde de Revillagigedo, en Acapulco las cosas volvían a complicarse.

—Está claro —dice Otis, cabeceando con indulgencia— que la marinería es fuego y Acapulco es estopa, y luego viene el diablo y sopla.

La ocurrencia es muy celebrada por el público del fondo del pasillo oscuro, donde hay varios marinos que presumen de fogosos.

—¿Pues qué pasó, Otis?

Fue en la calle de Parián, delante de una especie de posada cuyas habitaciones estaban todas ocupadas por clientela femenina y donde, sin embargo, aceptaban a todos los forasteros que buscaran albergue y diversión. Venía una pandilla de la *Descubierta*. Acababan de comer bien y de beber mejor, y en el grupo había individuos muy alegres y bullangueros, y otros abotagados y entristecidos por la morriña y el alcohol. Un soldado llamado Francisco Vázquez propuso que entrasen en la posada, para charlar un rato con las muchachas que vivían allí. El artillero Bernardo Martínez, quién sabe si pensando en su familia, o en alguna novia que hubiera dejado atrás, o tal vez por convicciones religiosas o morales, dijo que no contaran con él, que él no se metía en aquel antro.

—¡Bueno, a Bernardo no le hagáis caso! —se rió el soldado, borracho y torpe—. ¡A Bernardo no le gustan las mujeres! ¡Lo suyo son los hombres!

Bernardo Martínez se enfureció. Se creyó en la necesidad de demostrar que era tan hombre como el que más, y eso, por alguna triste razón, tenía que hacerlo con un cuchillo en la mano.

Otis no recuerda que ninguna mujer, para demostrar que era muy mujer, haya tenido que matar nunca a nadie. Y los presos asienten y le corean:

—Es verdad, hay que ver, qué cruz, que ser muy hombre siempre tenga que ver con la muerte.

Alguien quiso interponerse, pero Otis, que había asistido a más de una reyerta, se lo impidió. Hay ocasiones en que los bravucones están deseando que les paren los pies y los desarmen. Pero en aquel momento ninguno de los dos contendientes quería tal cosa. Posiblemente, no era la primera vez que el soldado se metía con el artillero. El soldado tenía la lengua muy suelta, y la borrachera lo volvía imprudente. Y Bernardo había colmado su paciencia y gritó que «ya estaba harto».

El combate fue muy breve, como suelen serlo cuando uno de los dos se tira a matar de verdad. El soldado lenguaraz apenas dibujó con su cuchillo una filigrana en el aire, entre los dos, tan soberbio y desfachatado como inofensivo. La hoja del contrincante le penetró por debajo del esternón y le partió el corazón.

—¡Escóndete en la iglesia, de prisa! —le aconsejó un amigo al vencedor.

—No servirá de nada —sentenció Otis, que conocía al cura.

Al día siguiente, los soldados arrastraban a Bernardo Martínez desde la iglesia a las mazmorras de la fortaleza de San Carlos. Y, luego, don Dionisio Alcalá-Galiano, que se había quedado al mando de la expedición durante la ausencia de Malaspina, lo condenó a trabajos forzados, a bordo de la corbeta, cargado de cadenas y con la perspectiva de no poder bajar a tierra durante el resto del viaje.

Eso no evitó que se produjeran más altercados en los días sucesivos. Cuando Malaspina quiso hacer balance, antes de salir de Acapulco, comprobó que, de los doscientos diez hombres enrolados en la *Atrevida* y la *Descubierta*, siete habían muerto, diez habían sido dados de baja por enfermedad, diecisiete por indisciplina, dieciséis habían sido despedidos por otras causas y noventa y tres habían desertado.

En su refugio, Otis se frotaba las manos, alborozado, pensando que todo ello no hacía más que aumentar las posibilidades de ser admitido en la tripulación de una de las corbetas.

4

Por qué te llaman Otis

1

Cada mañana, los forzados son despertados a voces y arrancados de sus camastros de paja, encadenados y arrastrados a una lejana cantera, donde pican piedra bajo el ardiente sol. Están en tierra de moros, y eso significa que el sol es un suplicio, que más de uno estará condenado a la insolación fulminante, a la muerte tal vez. Están en tierra de moros, y eso significa que, de pronto, puede caer sobre ellos una guerrilla feroz y que se entablará un combate absurdo, de largas espingardas y bruñidos alfanjes contra picos y palas de reos que no saben ni por qué pelean. Es claro que no lo hacen por preservar las fronteras de la patria. Si luchan entre las rocas de la cantera es por defender la propia vida, porque no pueden confiar en que lo hagan sus guardianes, como sería su obligación. Luchan por instinto y por rabia, porque el moro es moro y los españoles son españoles, y tal vez porque más de uno, se cuenta, ha conseguido acortar su pena haciendo méritos guerreros en esta clase de escaramuzas. Muchos han sido también, como es natural, los que han luchado por su libertad, aprovechando el río revuelto para escabullirse entre rocas y dunas y buscar la costa, el mar que los separa de España. Pero esta opción siempre ha sido exclusiva de amargados y suicidas que no suelen alcanzar su objetivo.

En las raras ocasiones en que se ha producido uno de estos ataques, la noticia y la excitación de los forzados han desplazado el interés por el relato de Otis. Las voces airadas, las risas de alivio y las quejas de los heridos suenan estrepitosas e intrusas en el silencio y la oscuridad que han arropado tranquilamente a Otis a lo largo del día. Y Otis calla, impaciente y desazonado, tristísimo al comprobar que hay cosas que pueden interesar más a sus oyentes que sus aventuras en México. Se siente relegado, olvidado, más solo y condenado que nunca. Pero en seguida alguien se acuerda de él.

—¡Hoy tenemos algo que contarte nosotros a ti, Otis! —le gritan con alborozo.

«Qué me importa lo que podáis contarme vosotros», quisiera replicar el despechado. Pero calla y soporta, enfurruñado, la aventura de la lucha contra los moros. Qué mal lo hacen: se atropellan, se interrumpen los unos a los otros. Y Otis se mantiene en silencio, reticente, y permite que las voces caigan y se pierdan en la oscuridad.

—¡Otis! —pregunta alguno al fin—. ¿Estás ahí, Otis?

A Otis le complace que le echen en falta.

—¡He matado al menos diez moros, Otis! —presume otro, exaltado, ahogándose en risas.

—¡Yo he estado a punto de escaparme, Otis! —grita un tercero.

—¡Estarías loco! —le recriminan otros.

—¿Y sabes por qué no he aprovechado la ocasión?

—¡Porque no hay fuga posible, mastuerzo! —le replican sus compañeros—. ¿Dónde vas a huir? ¿Al desierto? ¿A buscar el mar? ¡Y, una vez en la costa, qué! ¿Te irías a España nadando? ¡Caerías en manos de los moros y te cortarían la cabeza y la dejarían a la puerta del presidio, cubierta de moscas, como hicieron con la cabeza de Joaquín Correa!

—¿Sabes por qué no he aprovechado la ocasión? —insiste el fugitivo frustrado—. ¡Porque no podía irme sin saber qué demonios le hiciste al *Santero*, Otis!

Todos le ríen la gracia, y las carcajadas se prolongan, pero Otis sabe que no es una burla, sino un homenaje. Y sonríe, parapetado en la invisibilidad, y calla todavía un rato, haciéndose de rogar. Tal vez esta noche ya no cuente nada, no sería oportuno, pero el comentario le ha reconciliado con sus oyentes, y la reconciliación era necesaria para su supervivencia, más necesaria que la comida. Y ya prepara la continuación para el día siguiente, condescendiente, tolerante con aquellos que, de vez en cuando, también tienen derecho a entretenerse con otras historias, por banales que le parezcan.

2

—Malaspina y su comitiva —dice Otis— llegaron el 19 de abril a Acapulco. Al día siguiente, la propietaria de la venta donde me hospedaba me despertó para anunciar que la *Atrevida* había llegado al puerto.

—¿Y qué hacía esa mujer en tu habitación, Otis? —grita uno de los oyentes, utilizando un tono inconfundible, que los otros subrayan con rumores zumbones.

—¡Estaba moliendo maíz en el metate, para hacer unas tortillas que se hacen allí!

—¿Estaba moliendo maíz mientras tú dormías, Otis? —se extraña, cantarín, otro presidiario.

—¿Y cómo se llamaba, Otis? —pregunta el tercero.

—¿Y cómo era? —A todos les baila una carcajada entre los dientes.

—Se llamaba Gertrudis —concede Otis, utilizando el mismo tono de disimulado regocijo. Y añade—: ¡Y era la negra más hermosa que he visto en mi vida!

Aplausos, gritos, silbidos, frenético golpear de las escudillas en las rejas.

Llegó Malaspina, pero la respuesta a la carta de Otis no llegaba. Él se tranquilizaba diciendo que el comandante necesitaba tiempo para cambiar impresiones con José de Bustamante, el comandante de la *Atrevida*; y con Alcalá-Galiano, que se había quedado al mando de la *Descubierta* durante su ausencia; y con el capitán de navío don Ciriaco Cevallos y el teniente general don José Espinosa y Tello, que habían llegado en la corbeta *Atrevida* para incorporarse a la aventura.

A los pocos días, Otis bajó al puerto maldiciéndose los huesos. ¿Cómo podía haber sido tan estúpido? ¿Pensaba de verdad que se iban a tomar la molestia de enviar un mensajero a su posada, a buscarlo?

Se dio a conocer al retén que la expedición tenía en el puerto.

—¿No tenéis ningún recado que darme?

—No, ninguno —le dijeron.

—Quizá don Alejandro Malaspina quiera verme.

A esa sugerencia ni siquiera le respondieron. Una mueca desdeñosa y nada más.

Otis se plantó en el puerto, junto al retén. Se hizo amigo de los guardianes, les daba tragos de chicha, les contaba historias. Y, en cuanto llegaba una chalupa, preguntaba a los que desembarcaban:

—Hola, soy Otis. ¿No hay nada para mí?

Asistió al cargamento de las últimas vituallas, de la leña y el agua. Contempló de lejos la mesa donde un oficial contrataba nuevos marinos para suplir las bajas. Se enteró de que habían decidido zarpar rumbo norte el día 1 de mayo. Pero no se desanimó. Se dijo que montaría guardia y conservaría la fe hasta el último día.

Y fue el último día, el 30 de abril, cuando un soldado, desde la misma chalupa que lo traía de la *Descubierta,* le llamó la atención:

—¡Eh! ¿Tú te llamas Otis?

—¡Sí!

—¡Venía a buscarte! ¡Te quieren ver a bordo! ¡Sube!

Luego, mientras surcaban las aguas de la bahía en dirección adonde se encontraban fondeadas las corbetas, el emisario añadió:

—Me habían ordenado que fuera a buscarte a tu posada.

Miraba a Otis como si tratara de adivinar qué eminente personalidad se escondía bajo su apariencia.

3

Otis rebosaba orgullo de sí mismo cuando subió a bordo y desfiló, con paso muelle y cachazudo, ante las miradas recelosas de la tripulación. Era una persona tan importante que le había escrito una carta personal a don Alejandro Malaspina, y don Alejandro Malaspina había accedido a recibirle. Allí estaba, en el alcázar de popa, esperándole con las hojas de papel en la mano. Taciturno, se diría que las estaba leyendo y releyendo, intrigado por el contenido de la misiva, tal como Otis pretendía.

Al advertir que Otis se detenía ante él, Malaspina levantó la vista. Se encontró ante un hombretón de treinta y nueve años, de cabellera rizada y alborotada, negra y entreverada de canas. Una profunda y fea cicatriz en la frente, allí donde la metralla penetró hasta el hueso, en la playa de Argel. Ojos fruncidos, acostumbrados a mirar el sol de frente, tan altivos y descarados que provocaban sentimientos contradictorios, mezcla de atractivo y repulsión. Era un rostro que reflejaba indiscutible inteligencia, pero también un ápice de peligrosa indiferencia, de implacable crueldad y de imprevisible locura. Todo ello se veía suavizado, sin embargo, por una sonrisa generosa, muy pagada de sí misma. Vestía una amplia camisa de mangas abombadas, abierta hasta la cintura. El torso, velludo y poderoso, estaba cruzado por la correa que le sujetaba a la espalda un machete cuya empuñadura asomaba por encima de su hombro izquierdo. Calzas de hilo blanco y sucio y, entre las manos nerviosas, un sombrero de palma que estuvo retorciendo con insistencia durante toda la conversación.

Malaspina tenía el pelo recogido en un coleto y vestía una simple casaca oscura, sin adornos, calzas, medias y zapatos de hebilla, como si se dispusiera a dar un paseo por Recoletos o por el Prado. Su semblante parecía más noble que nunca y tanto sus ojos como su boca reprimían una sonrisa imperceptible.

—¿Tú eres... —dudó y echó una ojeada a la firma de la carta, para no equivocarse— Otis?

—Encantado de saludarle, señor.

Otis amplió su sonrisa, desbordando alegría.

Para su auditorio invisible, Otis hace un resumen muy sucinto de la siguiente, su primera conversación con Alejandro Malaspina. Apenas unas pocas réplicas con el contenido imprescindible. Pero con su énfasis, con su convicción y su labia, consigue transmitir de manera magistral su euforia al ver realizados sus anhelos.

En aquellos momentos, ante Malaspina, Otis parecía a punto de soltar una carcajada. O de volverse a la tripulación y gritar: «¿Es que no lo veis? ¡Estoy hablando con don Alejandro Malaspina!».

—Dices que quieres que te contratemos a bordo —dijo el comandante—. ¿Qué sabes hacer?

—De todo, señor. He sido marino durante muchos años.

Malaspina consultó de nuevo el contenido de la carta.

—Dices que estuviste en el *San Julián*.

—... En el ochenta, señor. Luché a sus órdenes, bueno, a las órdenes del marqués de Medina, en el Puerto de Santa María, contra el inglés Rodney. Cuando represamos el barco a los ingleses, señor.

Malaspina no levantó la vista de la carta. Sólo parpadeó.

—Y en el *Santa Clara*.

—Sí, señor.

—Veo que sabes escribir muy bien. Me sorprende.

—No se sorprenda, señor.

Otis se aclaró la garganta, dispuesto a exponer su filosofía de la vida:

—No sabía leer ni escribir cuando me escapé del convento...

—¿Del convento?

El comandante ya lo miraba francamente interesado.

—Sí, señor. Yo no sé quiénes son mis padres —afirmó Otis sin el menor apuro, casi con insolente aplomo—. En el convento de monjas de mi pueblo hay un agujero en la pared, y ese agujero da a una plataforma giratoria. Allí es donde se dejan los niños expósitos. Se hace girar la plataforma y, de esta manera, nadie de dentro puede ver quién ha dejado la criatura, ¿sabe usted? Fue mi caso. Pero estoy seguro de que desciendo de nobles, señor.

La afirmación pareció divertir a Malaspina. Acentuó entonces la guasa de su mirada, y provoca ahora, en el penal, un fuerte abucheo de los presidiarios en la sombra.

—¿Y eso?

—Mi pueblo no es muy grande, señor, y todo el mundo se conoce. Se hubiera sabido si alguna de las vecinas estaba embarazada. La única que podía esconder un embarazo era cualquiera de las hijas del marqués, que vivían en su castillo y nunca las veía nadie. Claro que también pudo dejarme alguien de fuera del pueblo, alguien que estuviera de paso. Pero, ¿sabe usted?, junto a esa plataforma giratoria de que le hablo, hay también una ranura, para que la madre desnaturalizada deje una moneda, unos dineros para el cuidado del niño. Cuando me abandonaron a mí, metieron por esa ranura cinco doblones de oro. Mucho dinero. Eso quiere decir que mis padres eran nobles, ¿no le parece?

—¿Qué pueblo es ése del que me hablas?

—Y qué más da, señor. Nadie me quería allí. Ni mis padres, ni las monjas... Si hubiera visto cómo me trataban, usted también habría pensado que no me querían. Se me ha olvidado el nombre del pueblo, igual que se me ha olvidado el nombre que me pusieron allí.

—Otis... —Malaspina devuelve la mirada a la firma—. Curioso nombre...

—¡Cuenta ahora por qué te llaman Otis! —reclama el preso de siempre.

—Verá usted, señor... Me preguntaba usted cómo era que sabía leer y escribir un hombre como yo. No me enseñaron las monjas, no. Si le contara lo que me enseñaron las monjas, mañana mismo el Santo Oficio me mandaba quemar vivo, señor. No fueron ellas. Ya le he dicho que me escapé de aquel convento donde me maltrataban. Fui a parar a Madrid, y allí trabajé de mendigo para un tal Metemiedos...

—¿Trabajaste de mendigo?

—Sí, señor. No sé si recordará usted el Madrid de hace treinta años, pero era el paraíso de la canalla. Sin policía de día y sin serenos de noche, aquello era el sálvese quien pueda. El imperio de la suciedad. ¿Llegó usted a conocer la Marea de Madrid, señor? Yo jugaba chapoteando en ella.

Recrea brevemente Otis aquel Madrid de Fernando VI, donde los peatones habían de chapotear en un líquido nauseabundo, alimentado por el contenido de mil bacines que, a traición, asomaban por la ventana y, seguidos del aviso de «¡Agua va!», rociaban generosamente a quien tenía a bien pasar por debajo. Las cocineras tiraban los desechos culinarios por unos canales que desembocaban precisamente sobre los techos de los coches o, en el peor de los casos, en sus ventanillas abiertas. Cualquier transeúnte podía verse empapado en cualquier momento por una lluvia de orines, o agua de fregar mezclada con restos de cocido, pieles de naranja y raspas de pescado. «¡Agua va!» Y, por si fuera poco la sensación de encontrarse en una pocilga, el visitante se sorprendía al tener que compartir las calles con los numerosos cerdos de San Antón, que en el momento más impensado podían embestirlo, huyendo del acoso de un perro, o largarle un mordisco para defender su territorio.

Decían los amantes y defensores de la Villa que el aire que allí se respiraba era tan sano que en seguida purificaba las basuras de sus calles. Los detractores de la capital, en cambio, aseguraban que su atmósfera era tan repugnante que provocaba la palidez cadavérica de sus mujeres y ennegrecía la plata de los cubiertos, espadines y hebillas que no se limpiaran constantemente. Y el caso era que se invertían más de ochenta mil ducados en la higiene de la población. Ciento treinta y dos equipos de limpieza recorrían constantemente las calles y, al parecer, contribuían más a los atascos de la circulación que a la profilaxis. Rodeadas de una nutrida cuadrilla armada de escobones, un par de mulas arrastraban dos tablas que cruzaban la calle de una acera otra, y sobre las tablas viajaban dos basureros que conducían a la vez las mulas y la oleada de pasta pestilente. A esa oleada se le daba el nombre de la Marea de Madrid.

—... Allí trabajaba yo de mendigo, señor. Y era un trabajo duro. Ese Metemiedos (que así llamaban a nuestro protector y explotador, Metemiedos) tenía a sus órdenes a diez o doce rapazuelos y otros tantos ancianos y lisiados. A cambio de la manutención y el albergue, nos exigía que cada noche le lleváramos al menos dos escudos. No le importaba cómo lo consiguiéramos, señor, él sólo exigía su dinero. Y buenas palizas se llevaba el que no cumplía, señor, que a más de un anciano he visto yo molido a palos y más de un rapaz se volvió lisiado de la noche a la mañana porque faltaba un real a su aportación diaria. A Metemiedos le daba igual de dónde ni cómo sacábamos los cuartos. La mayoría mendigábamos, pero nunca faltaba el que sabía robar bolsas o, de noche, tiraba de cuchillo en las esquinas.

Malaspina frunció el ceño, como si lamentara que alguien hubiera tenido que sufrir una infancia semejante.

—Usted se extrañará de que no nos fuéramos, ¿verdad? —preguntó Otis, cada vez más confianzudo—. Si podíamos robar para Metemiedos, lo mismo podríamos robar para nosotros mismos. Le diré que no lo sé. No era por miedo a las palizas, que el mundo es muy grande y, si uno quiere perderse, se pierde y no hay Metemiedos que lo encuentre. Tampoco era el afecto lo que nos unía, como dice a veces la gente que ocurre entre los de baja estofa. No había amor entre nosotros, nadie se fiaba de nadie en aquella sociedad. No sé por qué no escapaba nadie de la tiranía de Metemiedos, señor. Tampoco sé por qué aguanta la esposa maltratada al marido borracho, ni la mujer humillada al rufián, ni el criado al amo despiadado. Quizá sea que a todo se hace uno, y que no es tan fácil cambiar de rumbo en la vida. Pero yo sí quise siempre cambiar mi rumbo. Continuamente me decía que yo no iba a resignarme a ser un delincuente desgraciado como todos los amigos y servidores de Metemiedos. Para huir de la miseria, señor, siempre me he mirado en el espejo de quienes mandan, en quienes sobresalen del resto de la gente. Siempre me he preguntado: «¿Cómo lo consiguen? ¿Qué tengo que hacer yo para ser como ellos?». Y, observando al tal Metemiedos, señor, que tenía un gran poder entre la canalla de Maravillas, llegué a una conclusión.

¿Sabe cuál fue? Que el tal Metemiedos mandaba más que todos porque era el único que sabía leer y escribir. Y me propuse aprender, señor. Me dirigí al Hospicio de San Fernando y, después de unos días de acecho, abordé a un capellán que lo frecuentaba. Y le dije: «Quiero aprender a leer y escribir, señor». Le hizo gracia mi aparición al capellán, que se llamaba don Toribio, y me llevó a su casa, y allí me acogió como criado, y me alimentó, y él mismo me enseñó las letras, señor.

—O sea, que aprendiste a leer para ser malhechor como Metemiedos.

—Sí, señor. Para mí, no había otro horizonte. ¿Qué sabía yo?

—Y ese cura, don Toribio, ¿no te hizo ver que había otros horizontes?

—¿Los hay? —replicó Otis.

En seguida, le pareció insolente el desplante y, con un cabezazo, trató de desviar la conversación. No obstante, Malaspina permaneció mirándole unos instantes, como si la cuestión le despertara un interés especial, como si él dudase de que hubiera otros horizontes para una persona nacida como nació Otis.

—En todo caso, no me quedé con él. Crecí en la calle, sin vínculos con nadie, y nunca aprendí a echar raíces ni tengo la virtud de la fidelidad. Al final, volví a la cuadrilla de Metemiedos, pero ya no como uno de sus niños menesterosos. No le diré que llegué a hablar de tú a Metemiedos, pero casi nos hicimos amigos. Me separé de él cuando el motín de Esquilache. Ya sabe que, a raíz de aquella revuelta, Aranda expulsó de Madrid a todos los truhanes y prostitutas. Bueno, pues yo era uno de esos truhanes. Tenía catorce años. Vagué por España, haciendo esto y aquello, hasta que, en Sevilla, me capturó la leva y me encontré soldado sin haberlo pedido.

—Haciendo esto y aquello —repitió Malaspina con una mueca de falso reproche.

—Nada que me hubiera recomendado don Toribio, puede usted estar seguro.

—Y decías que ese don Toribio te bautizó con el nombre de Otis.

—Exactamente, señor.

Del fondo de las sombras llegan voces perentorias. Se contagia la excitación. Por fin van a oír lo que tanto desean.

—¡Vamos! ¡Cuéntanos por qué te llaman Otis!

—¡Ahora, ahora lo cuenta!

—¿De dónde viene, pues, el extraño nombre? —preguntó Malaspina—. ¿De Otilio, tal vez?

—No, no, señor. Verá usted. Esto viene de un chascarrillo que a don Toribio siempre le gustaba contar...

4

Otis era el capitán de una pandilla de piratas que andaban haciendo tropelías por el Mediterráneo. Un buen día, navegaban en su barca, rumbo a casa, tan alegres y bebidos que, a pesar de ir costeando, se encontraron perdidos. No reconocían el litoral. En éstas que Otis, picado por la curiosidad, dijo:

—Vamos a atracar en esa cala y explorar un poco el terreno, que no puede ser que todos desconozcamos un paisaje que está tan cerca de casa.

Saltaron de la barca y, sin soltar para nada los odres y las botellas de vino, porque ya sabéis que, en llegando a un punto de la fiesta, es imposible distanciarse del vino, se internaron en aquella tierra que les resultaba tan extraña.

Llegaron así hasta una cueva muy grande, evidentemente habitada, porque en el centro había señales de que alguien acostumbraba a encender una hoguera y porque, en un pequeño aprisco, se podían ver unas cuantas ovejas, y porque en una fresquera había unos cuantos quesos puestos a secar.

Y dice uno de los compañeros de Otis:

—¡Eh, ya sé yo quién vive aquí! ¡Aquí vive el gigante Pollifeo, que le llaman así porque es tan torpe como un pollo y más feo que un pecado!

Estallan aquí las risas de los presos, que repiten entre ahogos el jocoso nombre, «Pollifeo, Pollifeo», y se rió también Alejandro Malaspina al comprender que Otis le estaba relatando una caricaturesca y rudimentaria versión de un fragmento de la *Odisea* de Homero. También él repitió «¡Pollifeo!», comprendiendo que ésta era una deformación del nombre del cíclope Polifemo. Las carcajadas entrecortaban también la narración de Otis, quien continuaba:

—¡Imaginaos si era feo, Pollifeo, que sólo tenía un ojo en mitad de la frente!

Otra sacudida de hilaridad celebra la fealdad del gigante.

...Como el vino da hambre, Otis y sus amigos se pusieron a comer de los quesos del gigante y hasta se proponían degollar alguna de las ovejas y hacérsela para cenar. Pero en éstas que llegó el gigante, y les sorprendió y pegó un grito:

—¡Pero, bueno, qué es eso de comerse mis quesos! ¡Pero quién es esta gente! —imita Otis una especie de graznido, el tipo de voz que él se imagina que debe de tener alguien llamado Pollifeo. Y se prolongan las risas en la oscuridad del presidio.

Y ya se disponía el gigante a liarse a trompadas con los amigos de Otis, cuando va Otis y le para los pies y dice:

—¡Espera un momento, Ojo de Lince! ¡No te enfades! ¡Tómate un poco de vino con nosotros, hombre!

Y el gigantón, que además de feo era tonto, echó mano al odre de vino y se bebió la mitad de un trago. Era un buen vino moro, ya sabéis, que no había recibido el sacramento del bautismo, y por tanto sus efectos se dejaban notar en seguida. Y al gigante, que, además de tonto y feo, tenía muy poco aguante, en seguida se le empezaron a aflojar las piernas y la lengua. Y se tenía que apoyar en la pared y andaba dando bandazos, y hablaba así: «¡Eh, bushashos, eshte vino esh vino fino!».

Se desternillan los oyentes anónimos del fondo del pasillo como se desternilló Malaspina ante la parodia del habla torpe de un borracho.

—¡Oshe...! ¿Y tú cómo te llamas? —preguntó el gigante, entre eructo y eructo, porque siempre apetece trabar amistad con quien nos invita a un buen vino.

—¡Me llamo Nadie! —le respondió Otis.

Tal vez en aquel momento Malaspina, buen conocedor de los clásicos, comprendiera el origen del nombre de Otis. Tal vez recordó que, en el poema original, Ulises le dice a Polifemo «Ουτις μο'ονομα» («Nadie», en griego, suena como «Outis»), y de ahí el «Otis».

—¡Pero tómate un poquito más de vino, hombre, Pollifeo! —insistía Otis, Ουτις, ofreciéndole el resto del odre, y otro odre que traían, y las botellas que sus compañeros se habían metido en el bolsillo por si acaso—. ¡Que sirva para pagarte el queso que nos hemos comido!

Y el gigante, glugluglú, ya se daba contra las paredes.

—¡Bero, oshe, bero gue buen vino, bero gue vino fino!

Las risas devienen alaridos y a los ojos de Malaspina ya asomaban las lágrimas.

Y en éstas que el gigante, ¡badabom!, se viene abajo, ¡plas!, de cabeza, y se queda dormido en un rincón.

—Ahora vais a ver —dijo Otis.

Fue a por una estaca que tenía el gigante colgada de una escarpia, le sacó punta con su espada y la metió en la hoguera que ardía en mitad de la cueva. Se dirigió al gigante y, ¡chas!, ¡le reventó el único ojo que tenía!

A Malaspina se le había acabado la risa. En ese punto se marcaba la diferencia entre su sentido del humor y el de los rufianes encarcelados. Éstos, por lo visto, consideran que sacarle a alguien el ojo con una estaca al rojo vivo es el colmo de la comicidad. Malaspina, en cambio, mientras se limpiaba las lágrimas y la saliva, se volvió taciturno, como si de repente descubriera en Homero una crueldad en la que nunca había reparado. Tal vez le hubiera gustado puntualizar que el gigante homérico, el de verdad, se tenía merecido su castigo por haberse comido a los compañeros de Ulises.

—¡Le dejó ciego! ¡Ja, ja, ja! —dicen los presos.

—¡Y le robó las ovejas! ¡Ja, ja, ja!

Otis ya continuaba con el relato.

Los cómplices de Otis salían corriendo de la gruta, llevándose todos los quesos del gigante feo, tonto y ciego. Llegaban a su barco y huían en él, riéndose sin parar, coreados ahora por la pandilla de presos que se entusiasma con su triunfo en la sombra.

—¡Esperad, esperad! —grita el aficionado al relato, exigiendo silencio a sus compañeros—. ¡Esperad, que ahora viene lo mejor!

Y Pollifeo, el pobre gigante cegado, salió dando tumbos de su caverna, y pedía ayuda a sus vecinos.

—¡Socorro, socorro!

Desde sus casas, preguntaban alarmados los otros gigantes:

—¿Pues qué te ocurre, Pollifeo? ¿A qué vienen esos gritos?

Y decía Pollifeo:

—¡Nadie me ha robado mis rebaños! ¡Nadie me ha robado mis quesos!...

Y ellos le respondían, enojados:

—Pues, si nadie te roba, ¿de qué te quejas?

La verdad es que Otis tiene gracia para contar las cosas... Al escuchar el chiste tan solicitado, los pobres presidiarios sueltan ya carcajadas delirantes que llenan la oscuridad del penal y lo hacen más sórdido que antes, si cabe.

—¡«¿De qué te quejas?», dijeron! ¡Ja, ja, ja!

—¡Si Nadie te está robando! ¡Ja, ja, ja!

Otis se sintió feliz por haber logrado la risa de su admirado y circunspecto Alejandro Malaspina.

—¿Y tú crees que te pareces a ese... Otis del cuento?

—Don Toribio decía que sí. Vivo mi vida libremente, digo mi nombre a quien me lo pregunta, hago lo que quiero, no me oculto... Y, sin embargo, cuando me he ido, la gente se pregunta: «¿Quién estuvo aquí? ¿Quién hizo esto?».

Malaspina respondió personalmente a esa cuestión.

—Y la gente responde: «Nadie».

5

La reacción de Malaspina ante su propia risa fue extrañamente pudorosa. Echó una ojeada furtiva a sus hombres, que en el combés continuaban preguntándose quién era el visitante que de forma tan familiar trataba al severo comandante. Y, en seguida, devolvió la gravedad a su rostro e hizo una desmañada señal a Otis.

—Ven conmigo.

Bajaron del alcázar de popa y se dirigieron a la cámara del capitán.

—Dices que quieres enrolarte con nosotros —comentó Malaspina en el trayecto.

—Sí, señor.

—¿Y por qué no has seguido el trámite ordinario? Teníamos a un hombre enrolando voluntarios en el puerto.

—Porque yo no llegaré al final del viaje, señor —afirmó Otis.

Malaspina se detuvo y le dirigió una desconcertada mirada de soslayo. Nunca había visto a un hombre tan feliz. Sin perder la sonrisa, Otis se explicó:

—Ya le he dicho que no soy fiel. Tengo mis razones para embarcarme con ustedes y quizá me vea forzado a abandonarlos el día menos pensado. Pero no soy como esos truhanes que desertaron a traición cuando llegaron a Acapulco. Yo me iré, pero quiero que usted lo sepa, y que me contrate a pesar de saberlo. Creo que puedo serle muy útil.

Malaspina bajó la vista, giró la llave en el cerrojo y entró en la cámara. Otis le siguió y el capitán cerró la puerta tras él. No había lujo de ninguna clase, y sí austeridad y un cierto desorden. Sobre una mesa de roble, grande y pesada, gran cantidad de papeles, varias plumas y tintero. Y un libro titulado *Histoire philosophique et politique des établissements et du commerce des Europeéns dans les deux Indes*, de un tal Guillaume Thomas François Raynal, pero para Otis no significaba nada ni el nombre del autor ni el título en francés. Sobre la cama había dos banderas con los colores rojo, blanco y azul. Don Antonio Valdés, ministro de Marina español, había hecho llegar a manos de Malaspina aquellos dos ejemplares del nuevo pabellón francés (que hasta entonces era blanco con flor de lis), para que identificaran a los navíos de la recién nacida República en caso de tropezarse con ellos. Era un recordatorio de los graves acontecimientos que en Francia estaban cambiando el mundo, y Otis tal vez pudo adivinar las horas que Malaspina debía de pasar ante las dos banderas, preguntándose cómo sería la civilización cuando él regresara.

Devolvió Malaspina su atención a la carta que continuaba en sus manos. Hizo un esfuerzo para concentrarse nuevamente en ella.

—¿Y... qué significa esto que dices en tu carta... —empezó, titubeando, buscando el párrafo preciso— «Usted me salvó la vida una vez...»?

—Es cierto, en la playa de Argel. Yo era uno de los heridos que usted rescató y embarcó en el *Santa Teresa*...

Bien. Asintió Malaspina con la cabeza. Pero no era eso lo que más le interesaba. Continuó leyendo:

—«... y, en justa reciprocidad, me honra comunicarle que yo también le he salvado de un terrible peligro.» ¿Qué peligro era ése?

Otis cabeceó con modestia. Se miró las manos nerviosas que torcían y retorcían el sombrero de palma.

—No sé si usted sabe que... el Santo Oficio está haciendo una investigación sobre su persona.

Se cruzaron las miradas. El tema era grave.

—Sí. Lo sé. —Otis manifestó su sorpresa con un gesto de cejas. Se explicó Malaspina—: No me harán nada. La Inquisición ya no es lo que era. Cada vez tiene menos poder. Ya no se quema a nadie.

A Otis le admiraba y le desconcertaba tanta valentía. Ahora, ya no sabía qué decir.

—Bueno, en todo caso, debe usted saber que yo me encargué de darle su merecido al cobarde que le denunció...

Malaspina empezó a inquietarse.

—¿A Agustín Alcaraz?

¿Sabía incluso quién le había denunciado? Otis también se alarmó.

—No —dijo, sin convicción—. Al *Santero*. El maldito villano que le denunció a la Inquisición fue un tal Santiago Vélez...

Otis explicó su aventura en Madrid con toda naturalidad, como si estuviera tratando de una receta de cocina y él creyera que todo estaba muy bien explicado, cosa que no ha sucedido jamás con ninguna receta de cocina.

Y, si es cierto que, como dice Malaspina en una carta a su amigo el conde Greppi, él se interesaba por «el estudio del hombre, de la influencia de las pasiones sobre sus actos y de la influencia de la educación, del clima y del poder nacional sobre sus pasiones», aquel relato debió de revelarle uno de los especímenes más curiosos de los que había conocido jamás.

Los presidiarios exclaman:

—¡Por fin! ¡Ahora contará lo del *Santero*!

5

Rumbo norte

1

Los recuerdos son nostalgia, y la nostalgia es angustia y provoca silencios que son como caídas interminables en el pozo de nunca jamás. Hay ocasiones en que la oscuridad asfixia a Otis de manera insostenible. Tiene que echarse en el suelo, y cierra los ojos, y boquea y pide la muerte. No grita, ni siquiera habla ni susurra, para que nadie pueda oírlo y acudir a salvarlo del final ansiado. Piensa que no puede más, que lo ahoga el olvido al que está condenado, y a la vez lo ahogan los recuerdos porque es incapaz de olvidar. De pronto, esa memoria que en otras ocasiones le proporciona tan gran placer se convierte en un tormento insufrible. La memoria, perversa, lo enfrenta a toda su vida, a todo lo que se fue y no es, todo lo que perdió y que jamás recuperará. Nunca la cárcel es tan cárcel como en estos momentos. Es el recuento de lo perdido.

Los presos perciben en seguida la apabullante tristeza de Otis. En esos días de desesperación, sus silencios son renuncia, abandono. Captan la amargura sin necesidad de palabras, como otros días captan la sonrisa, o el cabrilleo del sol en las aguas del Pacífico, o el ímpetu de la *Descubierta* rompiendo las olas con su proa.

—¡Otis! —le llaman entonces.

—¡Vamos, Otis! ¿Dónde estás?

—¡Continúa con tu historia, Otis! ¿Qué te dijo Malaspina?

—¿Qué pasó con el *Santero*?

—¿Qué hiciste cuando llegaste a Madrid?

Hace un esfuerzo por recordar cómo era Madrid, cómo y dónde encontró al Metemiedos, cómo y dónde encontró al *Santero*. Y a medida que la memoria reconstruye las calles y la algarabía, las sorpresas y las emociones del regreso después de los años, Otis va tomando conciencia del tiempo y del pasado y de la carrera enloquecida que lo lleva irremisiblemente hacia la muerte, y siente miedo. El peor de todos los miedos. Ahora recuerda la vez en que se le desbocó el caballo que montaba. Tal vez fuera en aquella precisa ocasión, camino de Madrid, cuando montaba el caballo robado. Qué más da. Tal vez el caballo quería regresar con su amo, y él lo castigó en demasía para hacerse obedecer, y el caballo se lanzó a un galope suicida y homicida, se internó en un bosque de ramas bajas con la evidente intención de desmontarlo, y a Otis le pareció que una de aquellas ramas había de arrancarle la cabeza. La vida también nos arrastra hacia el horizonte. A duras penas podemos prestar atención a las ramas bajas para esquivarlas, es imposible atender al paisaje y disfrutar de la excursión. La única solución está en aprender a gozar del galope, que es lo único que perdura de principio a fin de la travesía.

Cuando le llegan estos sentimientos, Otis palpa el suelo a su alrededor, y hace sonar los grilletes, y piensa que acaso la solución a sus penas consista en aprender a disfrutar del infierno que está viviendo. Disfrutar de la oscuridad, del silencio, del hedor, de las ratas, del hambre, de la soledad. De su memoria y de su fantasía, y de su habilidad de narrador, y del público que le aplaude invisible, parapetado tras las candilejas. Y así se rehace y renace, y reconstruye con recuerdos y ficción el Madrid del reencuentro, esa Matriz de donde salió canalla inocente y adonde regresó canalla redomado.

Pero, en los malos días, no puede olvidar que el galope terminará precisamente cuando se haya habituado a él. Y llegará el momento en que añorará incluso el galope del caballo desbocado. Llegará quizás el momento en que también echará de menos esta celda oscura y pestilente, y los chillidos puntiagudos de las ratas, y el peso y las llagas de los grilletes que penden de sus muñecas.

2

Madrid limitaba al norte con lo que hoy son las calles del Marqués de Urquijo y de Alberto Aguilera; al sur con las que se llaman Rondas; al este, con el palacio del Buen Retiro y el monasterio de San Jerónimo, y al oeste con el Palacio Real. Era un Madrid de más de ocho mil edificios, más de cien mil habitantes y más de setenta mil viajeros de paso.

Por las calles continuaban transitando demasiados coches, tal como recordaba Otis, pero ya no traqueteaban sobre un pavimento irregular, pedregoso y mal adoquinado. Las dificultades que ahora habían de sortear consistían en innumerables zanjas abiertas para construir el alcantarillado o en andamios de quienes instalaban canalones que, a lo largo de las fachadas, impidieran que los desechos cayeran en mitad de la calle. Se había terminado la pestilencia de la Marea de Madrid, y se sufría la pesadilla del «mal de piedra» de que decían que adolecía el buen rey Carlos III. Por todas partes se levantaban nuevas construcciones, edificios modernos, monumentos emblemáticos. Que si el Museo del Prado, que si las Caballerizas Reales, que si las fábricas de la Aduana, que si la Casa de Correos, que si el Hospital General, que si la Fábrica de la China, que si la estatua de la diosa Cibeles...

Las calesas, los faetones, los simones de alquiler conducidos por cocheros vociferantes, los carros tirados por bueyes donde los campesinos transportaban hortalizas, o carbón los carboneros, o piedras y arena los canteros terminaban por colapsar las calles estrechas del centro. Un atasco tras otro, con las consiguientes protestas e impaciencia por parte de conductores y ocupantes de los vehículos. «¡A ver, qué pasa ahí delante! ¿Por qué estamos parados ahora?» Sea porque una mula cargada de harina se negaba a caminar y se resistía tenazmente a los tirones del arriero, sea porque un borrico cargado de trigo había derribado de una coz el tenderete de un vendedor ambulante, de los llamados bodegones de puntapié. «¡Vamos a ver, qué pasa, que llevamos una hora parados!» Risas y burlas crueles de los mendigos que cantaban rosarios por las esquinas para pedir limosna.

En ese turbulento ajetreo, los pleiteantes de provincias que iban a resolver algún caso ante algún tribunal se entremezclaban con esportilleros cargados de cosas inverosímiles: una cama, una jaula, un inmenso carillón de pie. Un bromista provocaba al del carillón:

—¡No, hombre! ¿Dónde vas con eso? ¡Si ahora se usan los relojes de bolsillo!

Y de paso presumía del pequeño reloj de faltriquera que pendía de su cadena de plata. Había que hablar a gritos porque a las protestas de los atascados se sumaba el vocerío de los vendedores de polvos, de estampas, de pitos, de alfileres. Los anderos hacían equilibrios para no caer en las zanjas que se abrían en el centro de cualquier calle, y el noble que viajaba en la silla de manos les increpaba.

—¡Dejad de zarandearme, haraganes, y daos prisa, que todo Madrid está paralizado por nuestra culpa!

Si uno salía al soleado y pulcro paseo de Recoletos, podía ver las grandes mansiones y el paseo placentero de los aristócratas y, si era jueves, la larga fila de los alumnos del Seminario de Nobles, con su casaca negra y divisa encarnada, pastoreados por un sacerdote armado con una larga caña. Si, en verano y día festivo, se visitaba el polvoriento Prado Nuevo, cerca del Manzanares, donde se iba a beber azúcar rosado, agua de nieve o chocolate, admirar a las majas con sus mantillas blancas y cintas rojas en los puños, armando alboroto con sus panderos o castañuelas. Y, si había suerte y coincidía con alguna romería, podría comprobar si era cierto el dicho de que, a esos acontecimientos, muchas jóvenes iban romeras y regresaban rameras.

Al caer la noche, el tráfico disminuía sólo un poco. Las calles de barrios populares como Lavapiés, Barquillo o Maravillas se poblaban de mujeres, llamadas de fortuna, que se dirigían, desvergonzadas, a los grupos de estudiantes o de soldados alborotadores, importunaban a los clérigos que las rehuían abochornados, desafiaban a gritos a los rufianes y a los delincuentes que les replicaban con desparpajo. Unas se ofrecían en alquiler, otras pedían caridad, otras desplumaban a los borrachos.

Lo que más desconcertó a Otis fue la luz que reinaba en las calles durante la noche. La oscuridad, que en su infancia era eterna e impenetrable, apenas desvelada por lamparillas o cirios puestos ante las imágenes de santos que había en algunas esquinas, se había retirado a rincones y tramos esporádicos. La gente de bien se aventuraba a salir con más confianza. Los serenos velaban por su seguridad.

Metemiedos estaba en un rincón de la taberna de siempre. Nada a su alrededor parecía haber cambiado: las mismas jarras de barro melladas en los bordes, y el humo de los cigarros, y el griterío de los jugadores de naipes.

Metemiedos, en cambio, era otro hombre.

Si bien Otis no ha dedicado ni cinco palabras a la descripción de un Madrid que todo su auditorio conoce sobradamente, sí se entretiene en cambio en pintar con cuidado la figura deteriorada de quien tan importante había sido en su vida. Hundido el tórax que fuera imponente, apagados por la ceguera los ojos que fueran tizones, su cabello se había vuelto ralo y blanco, y su vientre y sus piernas se habían hinchado de manera monstruosa. La voz, antaño contundente como un puñetazo sobre la mesa, ahora era un ronco estertor. Se emocionó el pobre hombre, chocho y débil, cuando le dijeron que allí estaba Otis.

—Otis... Convertido en un caballero, estoy seguro de que te has convertido en un caballero. ¿Es cierto, Otis? ¿Me equivoco?

—No, Metemiedos. No te equivocas. Hice méritos en la guerra contra el inglés. Me ascendieron. Llegué a capitán.

Quienes podían ver sus ropas y su aspecto eran conscientes del embuste, pero nadie lo desmintió. Metemiedos conservaba su poder y su autoridad y quien se le acercara tenía la obligación de decirle aquello que él quería oír.

—Sabía que tú llegarías, Otis. Siempre fuiste el mejor. Y, a pesar de todo, no me has olvidado.

—Claro que no te olvidé, Metemiedos. Siempre fuiste como un padre para mí.

Como si nunca hubieran existido las palizas, las humillaciones, el escarnio.

—¿Puedo ayudarte en algo?

El anciano sabía que no había sido un padre para nadie y que nadie se acercaría a él si no necesitara un favor muy especial. Pero le resultaba doloroso tener que aceptarlo y por eso se adelantaba en el ofrecimiento. De esta manera, el visitante parecía menos mezquino y él mucho más generoso.

—Estoy buscando a un hombre, Metemiedos. Me han dicho que se vino a vivir a Madrid y, si es así, tú o alguno de los tuyos tenéis que haber oído hablar de él.

—¿Quién es?

—Se llama Santiago Vélez, le llaman el *Santero*, siempre va cargado de escapularios, vendiendo estampas, con la boca llena de jaculatorias.

Metemiedos reflexionó. De momento no sabía nada de ese *Santero*, pero pronto lo sabría. La ciudad estaba llena de ojos y de oídos que veían y oían para él.

—Vuelve mañana —dijo.

O tal vez suplicó. Ofrecía un favor a cambio de compañía. Otis se quedó con él, bebiendo vino. Le contó hazañas reales e inventadas, dándole a entender que ninguno de sus triunfos hubiera sido posible de no ser por las enseñanzas, los castigos y las marrullerías de que el viejo granuja le había hecho objeto.

Y al día siguiente alguien llegó con noticias frescas de «uno llamado Santiago Vélez que, sin duda, es el que buscas».

Durante un tiempo, el tal Vélez había estado paseando una figura de yeso de San Antón por las casas. Daba a besar el santo a cambio de una limosna y, según cómo, mientras las dueñas o las criadas iban a buscar unos ochavos al interior del piso, arramblaba con lo de valor que hubiera más a mano. También se decía que alquilaba un niño lisiado en la inclusa y pedía limosna con él en brazos en la iglesia de Santa Bárbara, en la plaza de las Salesas. Últimamente andaba ofreciéndose como conjurador de nubes, en caso de tormenta. Se decía que algunos de estos farsantes llegaban a ganar hasta seis mil maravedíes por subirse a los conjuratorios de las torres de algunas iglesias y gritar como posesos mientras duraba una tormenta, para ahuyentar el rayo y el granizo.

—Es él, sin duda —dijo Otis—. ¿Y sabéis dónde vive?

—Si no supiéramos dónde vive, sería como si no supiéramos nada —respondió el informante.

Otis dice que le costó cara la información, pero no dice cuánto pagó ni de dónde sacó el dinero. Qué más da. Lo importante es que dio con el *Santero*.

—¡*Santero*! —le llamó, de noche y en mitad de la calle.

El *Santero*, al verle, pareció enloquecer. No era él quien había denunciado a Malaspina al Santo Oficio, pero quién sabe qué mala conciencia debía atosigarle, porque, en cuanto reconoció a Otis, en cuanto oyó que le llamaban *Santero* en aquel tono, echó a correr despavorido por un callejón de paredes negras, tan próximas entre sí que impedían ver el cielo. Las medallas que pendían de su cuello campanilleaban a cada zancada. Sus ojos dilatados lagrimeaban pánico. Y a su espalda resonaban implacables los pasos del perseguidor.

Llegó el *Santero* a su casa. Se encerró en ella. Interior de pesadilla, repleto de imágenes religiosas, en efigie o en grabado, iluminado por cientos de cirios encendidos que cubrían mesas y coronaban armarios. El *Santero* cayó postrado ante una de las imágenes, un San Sebastián asaeteado, y rezó rápidamente convirtiendo padrenuestros y avemarías en trabalenguas insensatos.

—¿Pero cómo es eso? —cuchichea el presidiario aguafiestas—. ¿Siempre tenía esos cientos de bujías encendidos? ¿Los encendió antes de ponerse a rezar?

—¡Calla tú! —rezonga el preso que tiene al lado, el que ha oído mil veces la historia—. ¿Y qué más dará? Es hermoso, ¿no? Cientos de velas encendidas, imágenes de santos, el menda aquel rezando con ojos brillantes de espanto y locura... El cuchillo que escondía entre las ropas...

—¿Un cuchillo?

—¡Chssst! ¡Ya verás!

Un puntapié abrió la puerta estrepitosamente, arrancando pestillo y goznes, y en el vano se enmarcó el vengador fanático, cuchillo en mano.

—¡Defiéndete, *Santero,* no hagas de mí un asesino!

Aplauden los presidiarios la frase. Contienen la respiración ante el relato que sigue, aun cuando conocen perfectamente su desarrollo y desenlace.

Se defendió el *Santero*. Cuando se puso en pie de un brinco, ya tenía en la mano un cuchillo cuya hoja hacía más de una cuarta. Y, sin dejar de farfullar oraciones y latinajos, se tiró de cabeza contra el Otis terrible que esperaba a pie firme la embestida.

Otis saltó atrás, esquivando el primer golpe, y continuó saltando y esquivando, tropezando con los muebles que abarrotaban el local, derribando velas y figuras de santos que se estrellaban contra el suelo. Jadeaba febril el *Santero*, roncaba entre dientes, mordía su propio aliento mientras tajaba el aire a pocos centímetros del cuerpo del enemigo. La luz de las velas proyectaba sombras fantasmagóricas contra la pared, sombras que magnificaban la tragedia haciéndola mágica.

Pero ya ha dicho Otis que la lucha entre dos cuchillos es corta si uno de los dos contendientes está decidido a matar. Y se clavó el cuchillo del *Santero* en una cómoda y, al tirar de él, se separó el mango de la hoja, y el *Santero* se quedó petrificado, y recibió el primero y único golpe de Otis en mitad del pecho, y murió con cara de loco, con cara de pasmo, con cara de loco pasmado.

3

—Cara de pasmo se le había puesto a don Alejandro Malaspina, y su expresión quedó fija en mí durante un buen rato. Por un momento, me asusté. Me pareció que estaba a punto de censurar mi conducta...

Interrumpen a Otis protestas exacerbadas desde lo más profundo de la oscuridad.

—¡No, no!

—¿Por qué te iba a censurar, Otis?

—¡Todo lo contrario!

—¿Censurarte lo que hiciste por él?

—¡Pues claro que no!

—¡Sería marrano!

—Supongo que, muy al contrario, te lo agradeció, ¿verdad, Otis?

Duda Otis, un poco estupefacto aún hoy ante la reacción de Malaspina.

—No, no me lo agradeció...

Se repone y sale inmediatamente al paso del rumor zumbón y creciente, recordando que se debe a un público al que amenizar el triste cautiverio. Pero se resiste también a mentir. Porque él sabe que hizo bien al matar al *Santero*. O, si no lo sabe, quiere saberlo, quiere creerlo, quiere sentirlo. Si ahora disfrazara la actuación de Malaspina, sería reconocerse a sí mismo que tenía algo que ocultar y que ocultarse. Lucha por desprenderse de la inoportuna culpabilidad. Se corrige, pues, pero con prudencia:

—... Al menos, no me lo agradeció en un primer momento. No fue, ¿cómo diría?, vehemente. Se me quedó mirando como maravillado, como si nadie nunca hubiera hecho por él nada parecido y como si no pudiera comprender que mi generosidad llegara tan lejos. Dijo entonces:

»—¿Pero por qué?

»Y yo le dije, sorprendido:

»—¿Por qué? Porque... *Era necesario*. Porque tenía que pagar por lo que le hizo a usted... —me resultaba un poco difícil explicarle los porqués sin apelar a mi generosidad, pecando de vanidoso—. Usted me salvó la vida en Argel, señor. Y del cautiverio en manos inglesas, a bordo del *San Julián*. Además, alguien tenía que hacerlo, ¿no? Era lo mínimo que podía hacer. Me gusta devolver los favores.

»Malaspina continuaba mirándome con una insistencia que empezaba a resultar molesta. En seguida comprendí lo que ocurría y salí al paso:

»—Oh, no se preocupe, no tenga miedo de que nadie le atribuya a usted la muerte del *Santero*, señor... —Era eso: tenía miedo de que le acusaran de haberme pagado para que actuase como su sicario—. Las bujías que iluminaban su choza, al caer durante la reyerta, prendieron fuego a papeles y ropa y otras basuras, y se extendió el incendio hasta consumir totalmente el edificio y el cadáver. La gente creyó que el *Santero* había muerto accidentalmente, señor. Lo comprobé al día siguiente, escuchando los comentarios de los vecinos. No pase usted cuidado.

»—No, si yo no... —Trató de sonreír Malaspina, como si todavía no pudiera creer en la existencia de una persona como yo. Y, con aquella sonrisa tan tímida como sincera, manifestó su gratitud añadiendo—: Te arriesgaste mucho por mí...

»El detalle me llenó de felicidad.

»—Oh, no tiene ninguna importancia, señor.

»—Pero tú no sabías si algún día volveríamos a encontrarnos.

»—El pasado, pasado está, señor. No he venido a pedirle nada a cambio de aquello. Sólo lo mencioné en mi carta para que tuviera usted a bien recibirme. Ya le he dicho que quisiera embarcarme, pero que no cuente usted conmigo hasta el final del viaje. ¿Me acepta en estas condiciones, señor?

»—Oh. Ah, sí, sí, claro. Hablaré con el contramaestre...

»—Gracias, señor.

»—Embarca mañana. Zarparemos mañana mismo, a primera hora, después de que llegue el correo de México.

4

—Resultó que «mañana mismo» —dice Otis— ya era demasiado tarde.

La posada en que se albergaba Otis era una de las construcciones más antiguas, grandes y sólidas de Acapulco. Un edificio en forma de U que rodeaba un patio al aire libre, en el cual, desde media tarde hasta altas horas de la noche, se reunían los parroquianos bajo un frondoso emparrado que los protegía del sol cuando lo había. Las dos largas mesas y los bancos que las flanqueaban eran de pesada madera, estaban fijados en el suelo y resultaban húmedos y pringosos al tacto, por tantas lluvias tropicales como habían soportado, por tantas jarras de vino vertidas sobre ellos y por el salitre que traía el viento procedente del mar. Soldados, marineros y todo tipo de caballeros de fortuna bebían allí vino, charape, chicha y pulque, comían cualquier cosa y pellizcaban todos los traseros femeninos que se les pusieran a mano. Sobre todo, bebían vino. Solían empezar la juerga cantando sentados en los bancos sin respaldo, continuaban bailando o peleando encima de las mesas, y solían terminar durmiendo la mona debajo de ellas.

El edificio tenía dos pisos. En el de abajo había corrales con gallinas, conejos y pavos, establos con unas pocas ovejas y vacas, una cocina de brasas donde humeaban pescados y carnes y las habitaciones de la familia propietaria del lugar. En el piso superior había quince habitaciones para huéspedes, cuyas puertas daban a un balcón corrido desde el cual se dominaba perfectamente el alboroto del patio. Huelga decir que las puertas de las habitaciones se estaban abriendo y cerrando constantemente para dejar pasar a mujeres que chillaban y recorrían la balconada perseguidas por hombres demasiado efusivos o demasiado irritados, y que tanto peleas como arrumacos solían ser bendecidos por los aplausos entusiastas de los parroquianos de abajo. En el acceso al patio, en la boca de la U, había una vieja verja oxidada que nunca parecía haberse cerrado. En todo caso, en aquellos tiempos, los goznes se habían vencido y el barro se había solidificado en torno a ella y ya resultaba imposible moverla de sitio.

Gertrudis, la negra más hermosa que Otis había visto en su vida, accedió al patio por esa reja y caminó entre los bebedores vocingleros, esquivando pellizcos y palmadas y replicando a la obscenidad con obscenidad. Llegó hasta el fondo de la U, donde dos escaleras de madera, bamboleantes, subían a la balconada. Iba presurosa y asustada y no sabía que llevaba el peligro pegado a los talones. Tal vez el delator de Otis la había señalado a ella: «Os llevará hasta el hombre que buscáis», o tal vez ya estaban allí y actuaban en aquel mismo momento por pura coincidencia. El caso es que, tras ella, destacaba un voluminoso y anacrónico fantoche de barbas negras, tocado con sombrero de vistosa pluma, tahalí recamado en oro, larguísima espada toledana de conquistador y botas de ancha caña que le llegaban más arriba de la rodilla. Con él iban dos hombres malcarados que esgrimían pistolones. Y un tercero, llamado Fermín («Fermín: tú vigila esta puerta»), se había quedado junto a la verja, cortando la retirada al potencial fugitivo.

Gertrudis llegó corriendo a la puerta de la habitación de Otis. Llamó con los nudillos. Gritó y entró al mismo tiempo.

—¡Otis! ¡Tres hombres han llegado a la ciudad, te están buscando por todas las posadas y pulquerías!

—¡Eso no es cierto, tizón del infierno! —bramó un vozarrón a su espalda—. ¡No lo estamos buscando! ¡Ya lo hemos encontrado!

El vozarrón pertenecía al fantoche gordo y barbudo, del sombrero emplumado y ropajes a la antigua, que estaba subiendo ya las escaleras de madera, seguido por los hombres de las pistolas.

—¿Pero por qué te perseguían, Otis? —pregunta uno de sus oyentes.

Eso mismo le preguntó Gertrudis:

—¿Por qué te persiguen, Otis?

Y él respondió lo mismo a la negra hermosa que al espontáneo del público:

—Ahora no tengo tiempo de contártelo.

Cogió el macuto de lona donde se resumía su exiguo equipaje y donde guardaba un valioso y secreto abanico, y besó por última vez aquella boca grande y jugosa. Aún tendrían que pasar dos siglos antes de que, en la capital del Reino, un hombre pudiera besar a una mujer en la boca, en público y sin escándalo, como se besaba en aquellos tiempos en Acapulco.

Acto seguido, se encaramó en la barandilla de la balconada y, después de un salto prodigioso desde una altura de más de seis metros, fue a caer sobre el pobre Fermín con todo su peso. Se quebraron al mismo tiempo la resistencia y más de un hueso del esbirro, se hundió el cuerpo aplastado al mismo tiempo que Otis iba a parar sobre una mesa, rodaba encima de ella desparramando jarras y parroquianos, caía de pie y corría hacia la salida.

—¡Atájalo, Fermín! —exigió el fantoche gordo del vozarrón perentorio.

Pobre Fermín, hecho un ovillo, dolorido y neutralizado. No podía atajar a nadie. Y el público se pone de parte del fugitivo de sonrisa burlona y provocadora.

A la verja oxidada estaban mal atados cuatro caballos inquietos. Otis tomó las bridas de los cuatro, saltó a la grupa de uno de ellos, lo espoleó y se alejó de la posada llevándose las monturas.

Entretanto sus perseguidores, sorprendidos, daban media vuelta en mitad de la escalera, tropezaban entre ellos, «que se escapa, estúpidos, que se escapa!», y le salían a la zaga.

—¡Allá va!

—¡Se lleva los caballos!

—¡Al ladrón!

—¡A por él, a por él! —insiste el fantoche gordo y jadeante, haciendo molinetes con la espada toledana.

Otis y los cuatro caballos, rápidos como el pensamiento, penetran en un corral donde se apiñan cincuenta o sesenta personas alrededor de una pelea de gallos. Y entonces se organiza una desbandada enloquecida, es el pánico, los gallos se olvidan de sus rencillas personales y emprenden la fuga también, revoloteando por encima del público y clavando su espolón en espaldas desprevenidas. Llegan fugitivo y caballos a un cruce de calles donde hay una pulquería, apenas un techo de madera sostenido por inseguras columnas. Unas mujeres bailan en la calle, al son de una guitarra, rodeadas de hombres que las jalean y les ofrecen sus sombreros como prenda. De pronto, el guitarrista se queda solo en su rincón, rasgueando para nadie, mientras bailarinas y jaleadores salen corriendo despavoridos. Es ahí donde Otis suelta a los tres caballos que arrastra de la rienda, para que corran a su albur. Y, en seguida, desemboca en la playa, donde un marido engañado reta a muerte al amante de la traidora. La mujer, de rodillas, llora y suplica. Un niño de no más de seis años se cuelga de los pantalones de su padre, llorando también, asustado. Los vecinos se ríen. Y el desenfrenado galope de Otis desbarata la escena, separa a los contendientes, disipando de pronto agravios y rencores. Otis llega a la orilla, salta de su montura y entra en el agua con absoluta decisión. En seguida está nadando, pero su mente presta al abanico de plata y seda que se está arruinando en el macuto más atención que a la amenaza de sus perseguidores.

Una fuga de estas características tiene el inconveniente de hacerse notoria y dejar profunda huella en la memoria de los testigos. Aunque carecían de caballos, a los perseguidores no les costó mucho trabajo seguir la pista de su presa. No tenían siquiera que preguntar: «¿Han visto pasar a un hombre con cuatro caballos?». El destrozado corral de la pelea de gallos y la indignación de los apostantes eran suficiente indicio. Frente a la pulquería, el susto de las bailarinas, que habían buscado protección en brazos de sus pretendientes, era lo bastante explícito. La agitación del matrimonio, en la playa, más pendiente del hombre que nadaba mar adentro que de sus arrebatos de pasión, terminó por indicar cuál era el destino de Otis.

Era noche de luna muy creciente o llena del todo, que se reflejaba, centelleante, en el agua mansa de la bahía. En la mancha de su luz blanca se inscribía con nitidez la sombra compacta de Otis nadando en dirección adonde estaban fondeadas las corbetas *Descubierta* y *Atrevida*.

Uno de los esbirros del fantoche disparó la pistola. No servía de nada, pero al menos metía ruido. Era como gritar de furia para que a su dueño y señor no le cupiera duda de cuáles eran los sentimientos del seguro servidor.

—¡No malgastes las balas, estúpido! —gritó el fantoche, que no tenía mucha inclinación a la gratitud—. ¡Se dirige a esas naves ancladas en el centro de la bahía!

—Son las corbetas de la Expedición Malaspina, señor —le explicó el marido engañado, que todavía andaba cerca y se había distraído por completo de sus celos enfermizos.

Por aquellas fechas había más naves en la bahía de Acapulco, y no es probable que pudieran distinguir a simple vista en cuál de ellas buscó y halló refugio el fugitivo. Seguramente, el fantoche hablaría con gente del puerto y averiguaría que Otis había visitado a Malaspina aquella misma mañana. Pero aceptemos, como mejor, el final de capítulo que Otis nos ofrece. El marido engañado dijo: «Son las corbetas de la Expedición Malaspina», mientras el amante desenmascarado salvaba la vida, perdiéndose en el laberinto de la noche y de la amnesia.

Aplausos de un auditorio invisible, que prefiere el atrevimiento del amante al dolor de los maridos.

5

Al día siguiente, 1 de mayo, después de que el correo de México llegara sobre las ocho de la mañana sin novedades, se iniciaron en las corbetas *Atrevida* y *Descubierta* las maniobras para zarpar. Los dos capitanes controlaban la operación desde el alcázar de popa, los contramaestres hacían sonar el silbato y ladraban órdenes secas y contundentes. Los marinos corrían por cubierta, se encaramaban por las escalas hacia las vergas.

Desde la orilla, contemplaban la maniobra Alcalá-Galiano y unos cuantos oficiales, escribanos y pintores que interrumpían allí el viaje para iniciar otro, un año después, con otros objetivos.

Un esquife diminuto y frágil, con una vela latina, más adecuada para el Mediterráneo que para el Pacífico, se aproximó a la proa de la *Descubierta* casi sin que nadie reparase en él. Manejaban los remos los dos hombres que la noche anterior habían recorrido el pueblo armados con pistolas. Y, entre los dos, de pie, en precario equilibrio, estaba el gordo fantoche del vozarrón.

—¡Ah del barco! —gritaba—. ¡Ah del barco! ¡Exijo hablar con vuestro capitán!

Se mantenían junto a la amura de estribor, por donde pendía la cadena del ancla, a la cual se sujetaba el viejo como si se creyera capaz de impedir la marcha del barco reteniéndolo como se retiene a un perro por la correa.

Se asomó al fin don Alejandro Malaspina en persona.

—¡Está usted entorpeciendo nuestra maniobra, señor! ¡Le advierto que vamos a levar anclas de un momento a otro!

El hombre del esquife era en verdad grotesco. Parecía personaje de uno de esos dramas ampulosos que ridiculizaba Moratín. Mayor de cincuenta años, con largos cabellos sueltos en melena y barbas alborotadas, todo ello teñido de negro para ocultarse la edad, de cuerpo esférico, sombrero con vistosa pluma, pesada ropa recamada en oro, tahalí y espada refulgente en mano, proclamaba a gritos que era descendiente de conquistadores españoles y estaba convencido de que eso lo convertía en aristócrata. Hablaba y gesticulaba de manera anacrónica y ridícula, utilizando el vos, que ya había caído en desuso en España.

—¿Sois vos el capitán Malaspina?

—¡Yo soy Malaspina, y les advierto que se aparten de ahí, caballeros, porque el ancla puede hacerles daño!

—¡Me llamo Rodrigo de Mondragón —se presentó entonces el personaje—, y debéis saber que soy muy respetado en estas tierras! ¡Exijo que me entreguéis a un hombre que tiene cuentas pendientes conmigo! ¡Un hombre llamado Otis!

Otis asegura que, en ese momento, Malaspina sonrió.

—¿Otis? —dijo—. No me parece que ése sea nombre cristiano, señor de Mondragón.

—¡Ese hombre no es cristiano, sino que es un demonio, señor Malaspina!

—¡Los demonios tienen vedada la entrada en este barco! —replicó Malaspina.

—¡Ha delinquido! ¡Lo busca la justicia!

—¿Es cierto eso? ¿Dónde está el alguacil que lo prenda?

—¡Estamos en América, capitán Malaspina! ¡Aquí no se precisan alguaciles! ¡Yo vengo a imponer mi justicia! ¡Me basto y me sobro para defender el honor de mi familia!

Acababa de entrar la ventolina mañanera que estaban esperando. Trapearon un instante las velas antes de hincharse. Alguien gritó que estaban listos para zarpar. Malaspina se desentendió de su impertinente interlocutor.

—¡Levad las anclas! —gritó.

Otras voces le corearon añadiendo nuevas órdenes. Los marineros corrían arriba y abajo, tiraban de cabos, hacían equilibrios sobre las vergas como saltimbanquis.

Y al fondo sonaba la voz tonante del conquistador:

—¡Ese hombre nos ha deshonrado a mí y a mi familia! ¡Ningún Mondragón ha recibido jamás, sin desenvainar la espada, una afrenta como la que este hombre me hizo...!

Dos marinos hicieron girar el pesado molinete, arrancándole un chirrido estremecedor. Y empezó a moverse la cadena a la que estaba sujeto Rodrigo de Mondragón. Éste se soltó con un sobresalto e interrumpió el discurso que se anunciaba interminable.

—¡Ciad, ciad! —gritó, con el vozarrón atiplado por el miedo.

Ciaron sus esbirros desesperadamente, alejándose de la corbeta, y esquivaron por muy poco la súbita y catastrófica emergencia del ancla.

—¡A punto ha estado de hacernos naufragar! —gritó, ofendidísimo, don Rodrigo.

Pero nadie le escuchaba ya. Las corbetas evolucionaban hacia la salida de la bahía, con los velámenes completamente desplegados, orzando y efectuando bordo tras bordo hasta que finalmente doblaron la Punta de la Bruja y salieron a mar abierto.

Y atrás quedó el señor de Mondragón, agitando el puño y gritando improperios.

Aplausos de los presidiarios entusiasmados.

6

—A partir de ese día, avanzamos poco, porque los vientos no ayudaban, pero trabajamos mucho. El capitán Malaspina nos obligaba a continuas maniobras militares y nos ejercitaba en el manejo de las armas, pero resultaba tan convincente cuando nos explicaba para qué podía servir semejante entrenamiento que no resultaba una carga realizarlo, antes bien lo hacíamos con la satisfacción de quien juega. Nunca en ninguno de los barcos donde he viajado se habían preocupado tanto por mi salud y por mi higiene. Todavía estábamos en las aguas del trópico cuando se repartió ropa de abrigo, para que no pillásemos ni un mal resfriado. ¡Si hasta tenían aparatos para calcular la pureza del aire que respirábamos! Daba la sensación de que estábamos realizando un viaje de recreo. Con todo el combés lleno de aparatos extrañísimos que obstaculizaban cualquier maniobra. La atención que ponían los científicos de a bordo (el señor Haenke, el señor Née) en cualquiera de los animales que aparecían cerca del barco, hacía que yo mismo observara a mi alrededor con más detenimiento que nunca y que descubriera detalles en que nunca me había fijado. Se contagiaba el entusiasmo de aquella gente cuando veían ballenas, o cuando discutían si aquellos pájaros eran rabihorcados o rabijuncos, o cuando palmoteaban como niños al ver una bandada (¿o cardumen?) de peces voladores. De noche, cuando se extasiaban mirando las estrellas, te venían ganas de pedirles que te permitieran mirar a través de los telescopios, que te contaran qué veían allá arriba, además de lucecitas. Malaspina y los oficiales nos dedicaban largas peroratas para instruirnos acerca de cuál tenía que ser nuestro comportamiento con los nativos que encontrásemos. Para los estudios científicos que se pretendían, necesitaban la amistad y colaboración de las tribus, y eso quería decir que toda cautela sería poca...

—¡Ya está bien de viaje, Otis! —protesta alguien del público—. ¡Que nos vamos a marear!

Risotadas.

De manera que Otis cambia de tono y de tema.

Las corbetas *Atrevida* y *Descubierta* proseguían apaciblemente y sin contratiempos su viaje hacia el norte. Cuarenta días después de la salida de Acapulco, el 9 de junio, pasaban ante el diminuto pueblo de Nuestra Señora de los Angeles de Porciúncula, fundada apenas diez años antes, que un día se había de convertir simplemente en Los Angeles, o simplemente en L.A., paraíso de lo imposible, olimpo de dioses perversos, última e inimaginable Babilonia de lujo. Y sólo dos días después navegaban por delante de la Misión Dolores y del presidio español allí edificado, en torno al cual iría naciendo la gran ciudad de San Francisco.

¿Pero a quién le importa lo que no existe?

—¡Vamos, Otis! ¡Cuéntanos quién era ese fantasmón que te perseguía!

6

Buscando tesoros, quimeras

1

A veces, Otis se recuerda contando cuentos a unos niños, hijos de una mujer con la que vivió en alguna época de su vida.

Cuando trata de imaginar a su público, no dibuja los rostros demacrados, barbudos, famélicos, envejecidos y envilecidos de los hombres que se apiñan en la celda común del fondo del pasillo, sino las caritas suaves e ilusionadas, boquiabiertas y desorbitadas, de aquellos dos chiquillos que siempre le insistían para que les contase cuentos. Cuentos de caballeros que mataban dragones y buscaban tesoros y desposaban hermosas doncellas.

Cuando llega al capítulo del Estrecho de Anián y de la seducción de Anabel, Otis no puede dejar de pensar en la emoción que sobrecogía a los dos niños al llegar a lo más interesante del cuento. Emoción que se le contagiaba y le horripilaba como si él mismo no hubiera oído jamás lo que contaba y no supiera lo que iba a suceder a continuación. Seducido por las miradas rendidas de los niños, por su aliento contenido, por su ánimo suspendido, se embriagaba Otis con su propio relato y temía por la vida del caballero al que él mismo ponía en peligro y al que él mismo se disponía a salvar en el último momento.

Qué felicidad la del que tiene un público que le escucha. Qué tristeza la del narrador que habla ante un espejo, pendiente sólo de sí mismo, de sus necesidades, de su propia complacencia. Ese pobre hombre jamás llegará a convencerse de sus propias ficciones, no se engañará, conocerá siempre la salida del laberinto de la imaginación. Malgastará palabras para nadie, para nada, de espaldas al público por miedo a no conseguir arrancarle sus aplausos, ignorando lo único que justifica un cuento y que es la atención del oyente al que va destinado.

Así es como el pobre presidiario sumido en oscuridades y silencio se siente superior a los demás, así es como se crece y consigue obtener goces del infierno definitivo donde se encuentra encadenado. Y libera una sonrisa tan amplia, que ilumina su encierro; una sonrisa que trae a su mente la luz cristalina del océano, el recuerdo de unos días tranquilos, de mar llana y horizontes infinitos y agradable temperatura.

La brisa le despeina y le curte la piel y se abandona a la molicie placentera de la calma chicha.

2

Cuando Otis se enteró de que iban en busca del Estrecho de Anián, le dio una risa floja y contagiosa.

Ocurrió eso en los primeros días de navegación, durante el mes de mayo, mientras se eternizaban en busca y en espera de vientos favorables.

—¡No me digas que vamos en busca del Estrecho de Anián! —exclamó, incrédulo y risueño.

—Ni más ni menos —le respondió un compañero, desconcertado.

Se había recibido la orden en la *Atrevida*, mientras estaba fondeada en San Blas. Los marineros no encontraban motivo para la risa loca de Otis. ¿Qué más les daba a ellos ir a buscar el Estrecho de Anián, o trasladarse directamente a las Filipinas, dar la vuelta al mundo, quemarse en los trópicos o congelarse en los polos? Eran los comandantes y los científicos quienes tenían que encontrar algún sentido al itinerario. La tripulación sólo debía preocuparse de que las naves avanzaran en la dirección deseada. Por lo demás, visto un mar, vistos todos.

—¡Ja, ja, ja! ¡No pensaba haberme embarcado en un viaje hacia ninguna parte! ¡Hete aquí que Nadie se embarca para ir a Ninguna Parte! ¡Ja, ja, ja!

En el tenebroso presidio, los presidiarios sucios, desdentados y malolientes corean con risas bobaliconas la ocurrencia, aunque tampoco ellos comprenden muy bien el motivo.

—¡Ja, ja, ja! ¡Nadie se embarca para ir a Ninguna Parte! —dicen.

—¿Qué insinúas con eso? ¿Que no crees en la existencia del paso? —le preguntó uno de los marinos, como si la incredulidad de Otis le pareciera herética.

—¡Pues claro que no!

Uno de los presidiarios del fondo de las tinieblas, tal vez el más sabio, se atreve a preguntar al fin:

—¿Qué era eso del Estrecho de Anián, Otis?

—Corría la leyenda —dice Otis, cachazudo, como si le forzasen a explicar algo que obligatoriamente debiera conocer todo el mundo— de que, al norte de

América, existía un paso que unía la mar Atlántica con el océano Pacífico. Si el paso existiera, los barcos que comercian con especias podrían ir de Europa a China o a las Filipinas invirtiendo mucho menos tiempo, sin tener que rodear el siempre temido Cabo de Hornos. De manera que era importante para la economía mundial que existiera y, en consecuencia, todos los países lo andaban buscando desde hacía mucho tiempo.

A Otis le divierte imaginar a los presidiarios, de rostro patibulario e inteligencia huidiza, escuchándole atentamente, embobados como estudiantes en su primer día de universidad.

—No había ninguna prueba de que existiera. Es más: quienes habían ido regresaban afirmando que no existía. Tengo entendido que hasta Hernán Cortés recibió la orden de buscar ese estrecho. Pero, por lo visto, todavía no se habían cansado de buscar. Así es el hombre. Generalmente, no cree lo que sabe que es verdad, sino aquello que le gustaría que fuera verdad.

Hace una pausa Otis en su lección magistral y, en la celda grande, el público murmura, intercambia opiniones.

—Qué gran verdad.

—¿Pero tú has entendido algo?

Se impacienta el impaciente:

—¿Y qué pasó con Malaspina, Otis?

La estupefacción del resto de la tripulación aumentaba la hilaridad de Otis.

—¡Otis! ¡Te llama el capitán Malaspina!

Otis se dirigió a la cámara de Malaspina esperando un rapapolvo. Su rostro, sin embargo, mientras bajaba escaleras y recorría pasillos, expresaba más curiosidad que temor.

—Pasa, Otis.

Encontró a Malaspina sentado junto a una mesa donde había una jarra y copas de estaño.

—Cierra la puerta.

Otis cerró la puerta. Y, muy humildemente, como cohibido, dijo:

—No existe el Paso de Anián, mi capitán.

Malaspina le miró de soslayo y con sorna, reprimiendo aquella sonrisa que escondía a los ojos de sus subordinados. Parecía a punto de replicar: «Vaya con Otis el Sabelotodo. Ahora, viene a transmitirnos su sabiduría». Pero dijo:

—No te he llamado para hablar de eso, Otis. —Hizo una pausa antes de continuar con una máscara de reproche—: Quería decirte que no es mi costumbre proteger a los fugitivos de la Justicia. Y, puesto que contigo he hecho una excepción, me gustaría que me explicaras quién era ese hombre que te perseguía y por qué.

—Bueno... —balbució Otis.

Parecía sinceramente desconcertado al descubrir que el comandante de la expedición no tenía la intención de consultarle acerca de sus objetivos. Y su actitud resultaba muy divertida a Malaspina, que continuaba pugnando por contener su risa.

—Es un poco largo de contar, mi capitán.

—Toma asiento y sírvete un poco de vino para aclararte el gaznate.

Otis se sentó y se sirvió vino en una de las copas de estaño. Dejó que se le ausentara la mirada, rebuscando los recuerdos y la forma de contarlos.

—Verá usted...

Los presidiarios se dan codazos, se dirigen unos a otros miradas brillantes y sonrisas expectantes.

—Ahora lo cuenta, ahora.

3

—Hace ocho generaciones que los Mondragón viven en América y, desde que el requetetatarabuelo llegó con Hernán Cortés, no se tiene noticia de que ninguno de ellos haya regresado a España. A pesar de lo cual, el viejo Rodrigo de Mondragón continúa presumiendo de ser castellano viejo, porque dice que jamás su sangre se mezcló con la de un indio, o negro, o mulato, o judío. Siempre las esposas de los Mondragón han sido enviadas desde la península, y se ha comprobado la limpieza y nobleza de su linaje. Posee una gran hacienda en el interior de Nueva España y en su tierra manda él y sólo él. Ni virreyes, ni gobernadores. Se hace llamar el Conquistador, o el Español, y procura que nadie olvide que su requetetatarabuelo se ganó a sangre y fuego las tierras que posee, matando a todos los indios que las habitaban. Desprecia el culto a la Virgen de Guadalupe, porque dice que es mestiza y enemiga del Imperio Español.

—Conquistadores... —murmuró Malaspina, apesadumbrado. Dijo—: Los conquistadores destruyen el país que conquistan, luego se destruyen a sí mismos, finalmente destruyen el país de donde salieron.

—Tiene usted razón, señor. Pero los de Mondragón han estado demasiado entretenidos destruyendo este país. No les ha dado tiempo de destruir nada más.

Malaspina sonrió tristemente.

—Pero eso se acaba, ¿sabes? —prosiguió, inesperadamente animado—. Por suerte, venimos de un país acostumbrado al mestizaje, y los hijos de gallegos rubios y árabes morenos no tuvieron ningún inconveniente en casarse con indias, y ahora, en este país, son mayoría los que tienen rasgos de indio, y no son pocas las personalidades ilustres que llevan apellidos indios. En la ciudad de México, tuve ocasión de conversar con notables intelectuales, apellidados Ixtlilxótitl o Chimalpahin o Tezozomoc, que tienen ideas muy claras respecto al futuro de México y lo que hay que hacer con la gente como Mondragón. Son mexicanistas o americanistas, herederos de eminentes próceres como Carlos de Sigüenza, Agustín de Vetancurt y Francisco de Florencia, que ya en el siglo pasado hablaban de independencia y del derecho a gobernarse a sí mismos...

—Perdone, señor, pero esos currutacos de que me habla son notables y son ilustrados y son ricos gracias a la porción de sangre española que corre por sus venas y a los dineros y el poder que heredaron. No los confunda usted con los indios. Los indios son los que están confinados en las reducciones, los que hablan y se visten y cocinan y celebran sus rituales como antes de que llegaran los invasores. En Acapulco, a los negros y a los chinos, como a los blancos, se les llama «gente de razón». A los indios, no. La guarnición del castillo de San Carlos se compone de mulatos, negros, chinos y blancos... Pero los indios no pueden ser soldados.

Y continuó Otis, apasionado, acodándose sobre la mesa:

—La hacienda Mondragón linda con una reducción de indígenas. Corrieron noticias de que en ella había yacimientos de oro, o de plata, y a Rodrigo de Mondragón le faltó tiempo para adueñarse por la fuerza de aquellas tierras. Un día, él y sus esbirros llegaron a caballo, quemaron todas las chozas, pasaron a cuchillo a quienes se resistieron, violaron a las mujeres y mataron a unos cuantos niños para demostrar quiénes mandaban allí y pusieron a los supervivientes a excavar la montaña. Sólo un hombre blanco se opuso a la matanza. Un fraile, un misionero, el párroco de la aldea. Les salió al paso enarbolando una cruz...

—Así que es cierto lo que dicen... —interrumpió Malaspina, muy interesado—: Los eclesiásticos de las aldeas indias, educados en la privación de comodidades, son los mejores interlocutores y defensores del nativo...

—Le cortaron la cabeza de un tajo, señor. Hace de esto poco más de un año. En este tiempo, no han sacado de la mina ni siquiera la plata necesaria para hacer una moneda. Y, en cambio, han muerto muchos indios, extenuados o apaleados. —Malaspina abría la boca para hacer un comentario, pero Otis, encendido por su propio discurso, le salió al paso—: Eso está prohibido, ¿verdad, señor? Esos hombres deberían ser castigados, ¿no es cierto?

—Claro que está prohibido —afirmó Malaspina con energía—. Ya en el 1500 los Reyes Católicos establecieron que los indios debían ser respetados, que no se les podía hacer daño, ni apresarlos, ni desposeerlos de sus propiedades. Y en 1512, como nadie tenía en cuenta esas órdenes, se promulgaron las Leyes de Burgos, para que hubiera una legislación concreta que protegiera al indio americano. Y, en 1517, el rey Carlos I prohibió otra vez formalmente que se hicieran esclavos entre los aborígenes. Y, en 1540, el papa Pablo III también salió en defensa de los indios con la bula *Sublimis Deus*. Y, en 1542, Carlos I dictó las Leyes Nuevas...

—¡Ah, estupendo! —se burló Otis después de beber un buen trago de vino—. ¡Con tantas leyes, estamos salvados! ¿Usted cree que el virrey de Nueva España o esos ricos pensadores con nombre indígena se van a molestar en castigar a don Rodrigo de Mondragón?

Pareció que Malaspina se sintiera directamente acusado. Por un momento, se mostró confuso, desconcertado. Pero, en seguida, cedió a la pasión con tanto énfasis como su interlocutor.

—Me consta que el conde de Revillagigedo, virrey de Nueva España, es un hombre cabal. Y también los ilustres señores con quienes hablé. Todos sabemos perfectamente que las cosas no van bien. Nunca han ido bien. En la vuelta al mundo que realicé entre el año 1786 y el 1788, tomé conciencia de la dificultad de gobernar dominios tan alejados. La ejecución de las órdenes reales halla siempre un número de tropiezos proporcionado a la distancia.

—Recorriendo España, señor, yo he visto un país pobre, mísero, ignorante, desidioso, gobernado por usureros que sólo sueñan con acumular más riquezas, más riquezas, y luego no saben qué hacer con ellas. Quieren más y más. Un imperio, cuanto más grande, mejor. Que en nuestras tierras no se ponga el sol. Aunque no haya forma de gobernar más allá del horizonte.

—Es la maldita manía de quererse y de creerse cabeza visible de todo el mundo —apoyó Malaspina—. «En nuestro imperio no se pone el sol», alardean. No se dan cuenta de lo lejos que están de todas partes. No se puede gobernar con las mismas leyes a los canacos de Filipinas que a los alemanes. No vive igual, ni tiene la misma tradición ni necesidades un patagón que un extremeño. La miopía exige cosas grandes. Los más estultos son los que se quedan boquiabiertos ante lo grande, por burdo que sea, y no saben apreciar la belleza, la comodidad, la manejabilidad de lo pequeño. Yo también he visto a un país atrasado en manos de unos gobernantes incapaces y torpes que nunca aprendieron que quien mucho abarca poco aprieta. Los funcionarios destinados a América —continúa Malaspina, enervado ya, apabullado por su propio discurso—, o a las Filipinas, nunca han tenido la intención de contribuir a la riqueza de las colonias. «Hacer las Américas» nunca ha significado hacerlas grandes, ricas y dignas, sino arramblar con el máximo de tesoros en el menor tiempo posible, para regresar a España y deslumbrar a los paisanos. Cuando en España se dice que las Américas pertenecen al imperio, se entiende que el imperio puede sacar de ellas tantas riquezas como quiera sin dar nada a cambio. Un auténtico saqueo que llena las arcas españolas pero arruina a las colonias y, por ende, a la larga, terminará por arruinar a ese desgraciado imperio de papel.

Se cansa de tanto parloteo el coro de presidiarios invisibles.

—¡Bueno, ya está bien, Otis! ¿Y qué ocurrió con don Rodrigo de Mondragón? ¿Por qué te perseguía?

4

—Un grupo de indios de la reducción —dice Otis, sumiso a las exigencias de su público— había huido y se refugió en la montaña. Pero no se atrevían a emprender nada contra los hombres de Mondragón. Los nativos de esas tierras ya no son guerreros. Los españoles los domesticaron a conciencia. Eso significaba que nadie iba a castigar el crimen de Mondragón, ¿se da usted cuenta?

—Suerte que ahí estaba Otis para erigirse en defensor de los indios expoliados —replicó Malaspina, con una cierta sorna en las pupilas, mientras se servía vino a su vez—. ¿Cómo hiciste?

—En este continente, las leyendas son causa de las mayores locuras. La leyenda del Dorado, o de las siete ciudades de Cibola, o, sin ir más lejos, del Paso de Anián que ahora andamos buscando...

—Al grano, Otis... —le urgía Malaspina.

—¡Al grano, Otis! —protestan impacientes los prisioneros.

Otis no explica nunca cómo llegaba a los sitios, cómo entablaba amistad con los lugareños y cómo se ganaba su confianza. Simplemente, se muestra a sí mismo entre rocas, en lo alto de una montaña desde la que se domina un hermoso valle boscoso. Está en cuclillas, hablando con los nativos fugitivos de la mina de Mondragón. Ellos le cuentan leyendas a cambio de esperanzas, arrojo e ilusión.

—También a mí me movió una leyenda —dice Otis—. Aquella que decía que Mondragón tenía en su mansión un gran cofre lleno de piedras preciosas. Un tesoro inmenso producto de los saqueos y rapiñas de toda su familia.

Les prometió a los indios que conseguiría aquel tesoro para ellos, para sus mujeres e hijos. Para que, con aquellas riquezas, fundaran una población próspera lejos de allí.

—... Quimeras —dice hoy—. Utopías. Delirios. Grandes proyectos irrealizables. Así se mueve aquel gran país.

Eran muchos los visitantes que se recibían en la hacienda de don Rodrigo. Campesinos, o ganaderos, o proveedores de cerámica, tejidos o cualquier otro tipo de artesanía. Había también los pobres que pedían audiencia para suplicar trabajo, o para venderle a sus hijos, lo que garantizaría el sustento de éstos. A Otis no le costó demasiado entablar amistad con un cacharrero y, acompañándole, consiguió entrar en los territorios de Mondragón para estudiarlos y preparar así su estrategia. Se perdió por el patio, como buscando algo o a alguien, se introdujo en las caballerizas, echó un vistazo a la cocina y localizó corrales, pajares y graneros.

También pudo ver de cerca al gordo y ridículo señor de Mondragón paseando a caballo entre criados y esclavos, indios y negros, exigiéndoles reverencias.

Una noche, los nativos rebeldes dispararon unas flechas incendiarias por encima del muro que separaba la mansión del resto del mundo. Estrellas fugaces a ras de suelo, prendieron silenciosamente en los pajares del ala este y, avivadas por un viento favorable, las llamaradas se alzaron de pronto más altas que el palacio, poniendo una luz frenética a la noche sin luna. Se desencadenó la alarma. Tocaron a rebato. Criados, esclavos y esbirros salieron de sus dormitorios, a medio vestir, para trajinar cubos de agua. Precipitación, carreras desconcertadas, griterío y confusión de pesadilla.

El vivísimo resplandor del incendio en el ala este hacía más negras y densas las sombras del ala oeste.

Otis avanzó protegido por esa oscuridad, en el extremo opuesto de la hacienda, y agazapado llegó hasta el muro. Sabía que en aquella zona no era difícil encaramarse a él y saltar al otro lado. Cayó entre los setos que delimitaban un huerto. Las altas tomateras le ocultaron y permitieron que se acercara impunemente a la sombra del palacio. Utilizó la reja de una ventana a modo de escala, y así llegó a un balcón del primer piso. Estaba dispuesto a romper el cristal para introducirse en la casa, convencido de que nadie prestaría atención al ruido, cuando descubrió que el balcón estaba abierto.

Empujó la vidriera.

Penetró en la negrura más absoluta y le recibió un hedor terrible. Olor a humedad, a moho, a queso rancio, a suciedad de siglos.

Describe Otis un hedor y una oscuridad distintos a los que imperan en el presidio.

—Aquí hay vida, hay energía, hay orines y mierda, y sudor. Están vuestros, nuestros cuerpos vivos vibrando en alguna parte —dice, y de pronto los presidiarios valoran su encierro, se enorgullecen de vivir en esta especie de tinieblas y de respirar esta clase de olores—. Allí, sólo había muerte —explica Otis—. Era la oscuridad, el silencio y el hedor de un panteón.

Ni siquiera las ratas se atrevían a corretear por allí. En todo caso, quizá, solamente los gusanos.

Avanzó Otis por una habitación inexistente, sin muebles al alcance de la mano, sin alfombras bajo los pies, hasta que sus dedos tropezaron con una puerta. No tenía idea de dónde empezar a buscar el tesoro de los Mondragón y se estaba convenciendo de que nunca podría encontrar nada valioso en aquel agujero muerto, cuando le sobresaltó el destello de una luz al fondo del pasillo. Una luz insólita que flotaba en el aire iluminando un rostro sin cuerpo.

Una contracción sacudió sus músculos, pero ya era demasiado tarde para esconderse. La mirada fija y brillante del rostro monstruoso ya se había clavado en él. Esconderse hubiera sido un acto de cobardía. No restaba más que sacar el machete y presentar combate.

Pero el rostro monstruoso, desde el fondo del pasillo, dijo con voz agrietada:

—¡Por aquí!

Le estaban esperando. Le indicaban un camino.

Avanzó con cautela por el pasillo, en dirección a la luz.

El rostro no flotaba en el aire. Correspondía al cuerpo de una mujeruca viejísima y encorvada, cuyas prendas negras se confundían con la negrura del pasillo. Le hacía señas.

—Venid. Por aquí.

Los susurros levantaban ecos misteriosos.

Otis la siguió, tan obediente como intrigado.

Llegaron ante una puerta muy grande. La mujeruca la empujó, sin llamar.

—Pasad. Aquí es.

En el interior de la habitación había tanta luz que, por un momento, Otis quedó deslumbrado. Cuando terminó de parpadear y consiguió hacerse cargo de lo que le rodeaba, vio damascos y terciopelos. Y una gran cama con dosel. Alfombras. Candelabros de oro. Tapices. Pesados muebles de roble. Jaula de oro donde vivía prisionera una mujer hermosísima, de piel blanca y ojos negros e inmensos. La mujeruca desapareció discretamente, como un espíritu. Y la mujer bellísima dijo:

—¡Por fin! ¡Sabía que todo lo habíais organizado vos para reuniros conmigo!

Pero le pareció a Otis que las ropas de la mujer hermosa estaban tan descoloridas y ajadas como el resto de telas que llenaban la habitación. Los damascos y los terciopelos estaban raídos. Los dibujos de alfombras y tapices eran desvaídos, borrados por el tiempo y el descuido. Le pareció que los barrotes del dosel estaban torcidos. Los candelabros tal vez fueran solamente de latón, y no brillaban porque hacía mucho tiempo que nadie se preocupaba de ello. Y los ojos de la dama, tan grandes y tan abiertos, veían a través de él porque no estaban acostumbrados a mirar personas. Sólo estaban acostumbrados a mirar paisajes, siempre el mismo paisaje desde la misma ventana.

La dama se aproximó a Otis con el andar indeciso y prudente de un ciego. Le puso las manos en las mejillas. Lo miraba como si no pudiera creer su presencia.

—Mi lejano enamorado... —dijo—. Os he visto, días atrás, cómo espiabais mis aposentos, cómo estudiabais la forma de llegar hasta mí...

—Entonces —murmura hoy Otis, narrador en el penal, en una especie de arrebato, silabeando con cuidado, consciente de que, en la oscuridad, a todos los miembros de su auditorio se les ha olvidado respirar—, entonces, me besó en los labios. Y eran los suyos labios helados y secos, labios sin alma, pero era su aliento caliente como una brasa, era su boca el cráter de un volcán nevado a punto de entrar en erupción. Nunca hubo tanta vida dentro de un cuerpo tan muerto.

Apenas tuvo tiempo Otis de corresponder al beso inesperado. Repentinamente animada, sonriente, feliz como una niña, la hermosa mujer le tomó de la mano y tiró de él hacia la mesa donde había una botella de cristal tallado, llena de vino, y un par de copas.

—Pero venid, venid, servíos un poco de vino. ¿Cómo sabíais de mi existencia? Mi padre no ha revelado nunca a nadie que me tiene aquí, encerrada...

—¿Tú... usted... vos... —balbucía Otis torpemente— ... sois hija de Mondragón?

—¡Pues claro! —se vuelve ella para mirarle, divertida—. ¿Quién creíais que era? —En sus ojos había un parpadeo inseguro y triste. Tenía miedo de que Otis la rechazara, de que se burlara de ella—. Habéis venido por mí, ¿verdad?

Otis, atónito aún, en lugar de responder se sirvió vino. Mientras, la mujer danzaba en torno a él, tratando de que su excitación y su ansia pasaran por entusiasmo.

—Me llamo Ana Isabel de Mondragón. Anabel. —Se sentó al otro lado de la mesa, sin apartar su mirada inquieta de Otis—. Mi padre me tiene aquí encerrada porque dice que no hay hombres lo bastante buenos para mí en este país. Me tiene aquí encerrada porque se avergüenza de mí, de que sea mujer. Me hace culpable de la muerte de mi madre, que murió al parirme. Por mi culpa, no habrá un varón que lleve el apellido de Mondragón.

—¿Por qué no se casó de nuevo? —se atrevió a preguntar el intruso.

—Porque no tiene dinero para comprar una esposa. Tradicionalmente, todas las esposas de los Mondragón han venido de España. Eran hembras de pura raza, sin una sola gota de mestizaje en sus venas. Hoy, el señor de Mondragón no tiene con qué comprar una madre para el hijo varón. Y quizá tampoco se lo gastara, si lo tuviera. Porque no se tienen noticias de hijos bastardos en sus tierras. Me temo que mi padre está arruinado de cuerpo y alma. Y temo que cree firmemente que fui yo quien lo arruinó.

Y no bajaba la vista al decirlo. Su discurso se volvía más lento y sus palabras más firmes. Acaso se alegraba de que su padre se viera en tan desagradable trance.

—Ni siquiera tiene una pequeña dote para librarse de mí. Y no se atreve a ingresarme en un convento para que la gente no descubra su miseria. Por eso me oculta.

—¿Y el tesoro de los Mondragón? —musitó Otis, sin poder evitarlo.

Trasegaba vino en abundancia, para poder deglutir la saliva y las noticias que le llegaban como pedradas.

Ella asintió con un largo parpadeo. «De manera que eso era lo que te interesaba. El tesoro de los Mondragón.»

—El tesoro nunca existió —confesó, ahora sí cabizbaja, muy triste—. Ni siquiera el Mondragón que vino con Hernán Cortés tuvo tesoro. Porque no vino con el Cortés conquistador y vencedor, sino mucho después, cuando el Consejo de Indias decidió castigar a Cortés por su forma salvaje de tratar a los indios. Cortés fue a España para defender sus intereses y, cuando regresó, desposeído del gobierno que antes tenía, el primer Rodrigo de Mondragón se vino con él. —Con qué desprecio pronunciaba las palabras «Rodrigo de Mondragón»—. Pero ya ese Rodrigo de Mondragón era un cobarde, y no se atrevió a participar en ninguna de las expediciones de los españoles de entonces. Si no regresó a España, fue porque no tenía con qué pagarse el viaje de vuelta. Y fundó esta granja, que sus hijos se encargaron de ensanchar matando a los indios domesticados de las reducciones de los alrededores y quitándoles las tierras. Y Rodrigo de Mondragón sobrevive (como si viviera todavía el requetetatarabuelo, como si sólo hubiera un Rodrigo de Mondragón, condenado a una eternidad de cobardías y mezquindades), fingiendo unas riquezas y un poder que nunca tuvo.

Silencio. Anabel miraba la mesa y parecía abrumada por la tristeza. Y, cuando Otis ya se sentía en la obligación de decir algo, añadió ella:

—Yo soy el único tesoro de Mondragón.

Y dijo él:

—Vos sois el tesoro que he venido a buscar.

Respondió Anabel:

—No. Pero da igual. Yo sé que vos sois bueno, ¿verdad que lo sois?

—Soy bueno, sí. Pero no sé si lo bastante bueno para vos.

—¡Sí, sí, seguro que sí! —exclamó ella con entusiasmo demente.

Tomó las manos de Otis y, abocándose por encima de la mesa, aproximó su rostro al de él, ofreciendo, buscando, exigiendo el beso:

—¡Seguro que sí!

Hoy rememora Otis aquel momento feliz con nostálgica sonrisa.

—Ese día cometí una de tantas canalladas como he cometido en mi vida. No me atrevería a decir que la peor...

Y, en la otra celda, la común, los presos dantescos celebran la revelación con grandes risas y alegría.

—¿Lo veis? ¡Cometió la canallada, ja, ja, ja! ¡La cometió, la cometió!

Se excusaba Otis en la cámara de Malaspina. No quería quedar mal delante de aquel hombre tan admirado.

—¿Por qué no? Después de todo, había entrado en aquella mansión para apoderarme del tesoro secreto de Mondragón. Y, sin duda, el mayor tesoro de aquella casa era Anabel de Mondragón.

Unas horas después, cuando el alboroto y la luminaria producidos por el incendio ya se habían apagado, mientras Otis terminaba de vestirse, dijo Anabel, desnuda en la cama:

—¿Y ahora?

—Ahora debo irme —se excusó él, algo cohibido—. Ya amanece.

—Así que tendré que gritar, ¿verdad?

—¿Gritar?

—Vos no sois un amante secreto. Sois un ladrón de tesoros. ¿Y de qué os serviría robar a mi padre la honra si él no se enterase de ello?

Confiesa Otis que jamás conoció una mujer más sorprendente. Farfulló, desconcertado:

—Bien... Bueno... Visto desde ese punto de vista... Tal vez... Sí, deberíais gritar...

Anabel se puso a chillar. Como una posesa, como una rea en el potro, como si le estuvieran arrancando la piel a tiras.

—¡Maldito canalla, maldito diablo que abusó de mí!

En algún punto de la casa, Mondragón pegó un salto, horrorizado, al oír aquellos gritos.

—¡Infame, sayón, súcubo pervertido, íncubo depravado!

Y sonreía.

Y no sería tanta su deshonra cuando tomó un abanico de plata y seda que había sobre una mesilla cercana, depositó en él un beso sin apartar los ojos de los ojos de su agraviador y se lo entregó antes de continuar gritando:

—¡Socorro, a mí, prendedle, que se escapa!

Y sonreía más aún, señalando la ventana.

Y sonreía Otis, de forma tal vez un poco forzada, cuando llegó corriendo el padre ofendido, espada toledana en mano, seguido de un nutrido grupo de criados y esclavos, testigos de su deshonor.

—¡Hija mía!
—¡Matadle, padre, matadle!
—¡Ah! —exclamó Otis, burlón, insultante, valiente, junto a la ventana—. ¡He aquí al dueño de la casa! ¡No hace falta que me mostréis la salida, señor de Mondragón! ¡Ya me iba!
—Ahorro contar cómo logré escapar —dice Otis a los presos, y lo dijo a Malaspina en su cámara—. Salté por la ventana, me perdí en la oscuridad, encontré un caballo... Me trasladé a Acapulco, pensando que no podrían encontrarme allí antes de que pudiera enrolarme en un barco salvador. Si dieron conmigo, supongo que fue porque capturaron a alguno de los indios fugados, y ese indio les hablaría de un tal Otis, y a los espías de Mondragón no les costaría demasiado localizar al famoso Otis de Acapulco.
La plata de las guardas y varillaje del abanico estaba un poco deslucida, y la seda del país algo ajada, pero asegura Otis que jamás recibió regalo más valioso que aquél.

5

—De forma que, al fin, los indios se quedaron sin el tesoro de Mondragón —comentó Malaspina en un tono demasiado ligero para el gusto de Otis.
El aventurero se puso en pie, dando por terminada la charla.
—En el fondo de mi corazón —aseguró—, yo sabía que no existía el tesoro de las piedras preciosas. Pero hallé otro, mucho más valioso, en su lugar. —Llegó hasta la puerta del camarote. Desde allí, señaló a Malaspina, que todavía continuaba sentado—. Como usted, en el fondo, sabe que el Estrecho de

Anián no existe... Pero quizá encuentre otra cosa, en su lugar. —Le había molestado la frivolidad con que Malaspina había aludido a la frustración de los nativos—. Y, ahora, si me permite...

—¡El Paso de Anián sí existe, Otis! —exclamó Malaspina, herido en su amor propio.

Se levantó y se acercó a Otis, blandiendo una carpeta llena de papeles. No podía permitir que alguien fuera convenciendo a la tripulación de que aquel viaje era inútil. Y su énfasis hacía pensar que él también estaba convencido de la inutilidad del viaje. Añadió:

—Desde España me han enviado abundante documentación al respecto. Un navegante llamado Lorenzo Ferrer Maldonado salió de Lisboa en 1588 y llegó al Pacífico, al paralelo 60, a través del llamado Estrecho de Anián. El geógrafo francés Buache recopiló su testimonio, y don Fernández de Navarrete encontró todas las pruebas en el archivo del duque del Infantado. Calculo que daremos con él entre la ría de Cook y la del Príncipe Guillermo.

—¿De veras? —sonrió Otis, con atrevida insolencia—. No sé hasta qué punto es usted capaz de creer en las leyendas, capitán. No puedo adivinar cuán grande llegue a ser su desengaño. Si estuviera usted tan seguro de lo que dice, no tendría que demostrarme nada, y menos en ese tono. Pero no se preocupe, no transmitiré su inseguridad a la tripulación.

Y salió del camarote cerrando suavemente la puerta.

7

El primer desengaño

1

Las corbetas *Descubierta* y *Atrevida* continuaron su viaje, rumbo norte. El 12 de junio, sobrepasaron el cabo Mendocino, con mar gruesa y rizando las gavias.

En el trayecto, Otis había recuperado su amistad con Barbeito, aquel artillero gallego que, en Acapulco, había intentado desertar con otros diez que, posteriormente, habían sido capturados, azotados y expuestos en el cepo.

Este Barbeito había viajado antes por aquellos mares. En 1774, con la expedición de Juan Pérez, en la fragata *Santiago*, y, en 1775, en la misma fragata, con la expedición de Bruno de Heceta y Juan Francisco de la Bodega y Quadra. En el 79, don Juan Francisco de la Bodega le había pedido personalmente que se incorporara a la tripulación de la fragata *Princesa*, con la que llegaron hasta las espléndidas tierras de Alaska.

Acodados en la borda, le contaba tristemente Barbeito a Otis que desde entonces no había vuelto a navegar. Doce largos años. Le hablaba de las enfermedades del aguardiente y el ron, demasiado amigos del marino en alta mar. Le habló de una lucha a brazo partido con la muerte, y de una mujer que le ayudó, con mano firme y a sartenazos, hasta que consiguió que abandonara la bebida.

—... Y, fíjate lo que son las cosas —comentaba, estupefacto todavía—: mientras yo era un maldito borracho baboso, mientras vomitaba por los rincones, y me moría en sus brazos, y rezongaba continuamente, y la insultaba, Florinda me cuidó con una abnegación y un esfuerzo increíbles. Cuando consiguió al fin que yo dejara de beber, cuando me tuvo sereno y limpio y lúcido y amante y agradecido, entonces se fue. Nunca podré comprenderlo. Y yo, ¿qué quieres? Como la cabra siempre tira al monte, he vuelto a navegar.

—¿Y a beber? —le preguntó Otis, sinceramente preocupado.

—¿Con tanto líquido alrededor? ¿Con la sed que da el agua salada? ¿Qué iba a hacer? —se preguntaba el gallego, entre la humorada y la desesperación—. Navegar es beber.

Bebía el gallego en sus horas de asueto, y Otis sacaba brillo al abanico de plata que le había regalado Anabel de Mondragón.

Entre el 18 y el 20 de junio, pasaron frente al puerto de Nutka, al sur de la isla de Bodega y Quadra (que posteriormente recibiría el nombre de Vancouver), y eso despertó el recuerdo de gran cantidad de anécdotas referidas a aquel lugar y a los nativos que lo habitaban, a quienes Barbeito llamaba muvachats.

El gallego había estado allí en el 74, con Juan Pérez, y recordaba con nostalgia los primeros contactos con los indígenas, lo fácil que era obtener de ellos pieles de nutria, oso y lobo a cambio de cuchillos, espejos y quincalla. Le contó que eran indios muy orgullosos, que sabían hacerse respetar. Solían presumir de haber pasado a cuchillo y decapitado a la tripulación de más de un barco, y algunos cráneos adornaban las puertas de algunas de sus chozas, pero la verdad es que no eran peligrosos ni imprevisibles en sus actuaciones. Eran nativos del continente y más al sur, probablemente chaynuks, o muchatlats, quienes habían atacado a la expedición de Bodega y Quadra del 75.

—¿Y tú ibas en esa expedición?

—¡Ya lo creo!

—¿Y la atacaron los indios? —se maravillaba Otis, estimulando la narración, porque un buen narrador siempre es un buen oyente.

—Sí, señor, y yo iba en esa expedición.

—Cuenta, cuenta.

—Fue el 13 de julio de 1775... Dentro de un mes se cumplirán dieciséis años. En una isla que, desde aquel suceso, se llama Isla de los Dolores. Habían bajado siete hombres a tierra para hacer acopio de agua y leña, y esos salvajes los sorprendieron y los exterminaron. Y, en seguida, atrevidos hasta el suicidio, se montaron en canoas y atacaron las dos fragatas, la *Santiago* y la *Sonora*, a flechazos.

Pero insistía en que los nativos de Nutka eran pacíficos y acogedores. Él había vivido un tiempo con ellos y recordaba su estancia como una visita al paraíso.

Había estado casado con una india, que había terminado devorada por un enorme oso pardo. Había adoptado sus costumbres hasta llegar, incluso, a pintarse la cara como hacían ellos. Y había aprendido unos rudimentos de su idioma. Le enseñaba a Otis algunas palabras de muvachat. «Cucuosa» significaba foca, «casi» eran los ojos, «chichichi» eran los dientes, «clisquin» los pies...

—Actualmente, hay en Nutka un asentamiento español, pero creo que pronto nos lo van a quitar los ingleses.

Otis levantó vivamente la cabeza, contrariado:

—¿Y cómo es eso?

Contó Barbeito que, tres años atrás, en el 88, había llegado a los españoles la noticia de que los rusos estaban situando cada vez más factorías peleteras en la costa oeste de Norteamérica. Existían ya siete factorías, con una población de más de quinientas familias, con seis galeotas y un gobernador y todo, y había corrido la voz de que, en el año siguiente, los rusos tenían planeado instalarse en el puerto de Nutka.

Cuando el virrey de Nueva España recibió la noticia, envió inmediatamente para Nutka una expedición a las órdenes de don Esteban José Martínez y don Gonzalo López de Haro para que se instalaran allí, tomaran posesión del territorio y construyeran barracones. Llegaron a Nutka el 5 de mayo de 1789 y lo primero que hicieron fue capturar un paquebote portugués, el *Efigenia Niviana*, que trataba de comerciar en aquellas costas. Lo soltaron en seguida, después de obtener la promesa de que los portugueses no volverían a comerciar con los indígenas de aquellas latitudes. Lo mismo hicieron con dos barcos ingleses que llegaron a continuación, dispuestos a apoderarse del monopolio comercial de la región.

Pero, a comienzos del año siguiente, 1790, llegó a Nutka el paquebote inglés *Argonaut*, al mando de un tal capitán James Colnett, que iba con la intención de edificar una factoría de pieles y un fuerte, y construir una fragata y una goleta. Cuando Esteban José Martínez le salió al paso, el inglés Colnett prorrumpió en insultos e imprecaciones contra España, de manera que el español se vio en la obligación de aprisionar a Colnett y a su navío. El alboroto internacional provocado por el incidente fue de órdago. Protestaron los ingleses y se armaron flotas como si la declaración de guerra fuera inminente. España fortificó la plaza de Nutka, envió allí a los Voluntarios de Cataluña y pidió ayuda a Francia.

—...Y los franceses, pásmate, en seguida nos prometieron armar una flota de cuarenta y cinco navíos para oponerse al inglés. Imagínate —se burlaba Barbeito—: de pronto, los franceses revolucionarios se habían de convertir en nuestros aliados. Pero, al final —resumía el artillero, como si lamentara que la guerra no hubiese estallado—, todo quedó en nada. Nuestro conde de Floridablanca prefirió negociar y todavía están negociando, y eso significa que pronto nos quedaremos sin la posición de Nutka. Porque los españoles nunca fuimos buenos negociantes.

2

Pocos días antes de aquel primero de mayo en que zarparon la *Descubierta* y la *Atrevida* del puerto de Acapulco, la llegada de un mensajero a la hacienda de los Mondragón había interrumpido toda normalidad y había provocado carreras, órdenes y precipitación.

—¡Han localizado a un tal Otis en Acapulco! ¡Tiene que ser *él*!

¡Otis! Ése era el nombre que había pronunciado el nativo al que capturaron y torturaron. Otis, claro. No podía ser otro. Era *él*, el intruso burlador, sin duda.

—¡Preparad los caballos! ¡A las armas!

Su hija Anabel salió de repente al pasillo, cerrándole el paso. Se había puesto unos amplios pantalones y botas de montar, llevaba el pelo suelto y le refulgían los ojos como si fuera una deidad mitológica.

—¡Voy con vos, padre! —impuso.

—¡Diablos! —exclamó su padre.

—¿Y tú cómo demonios sabes eso, Otis? —protesta la voz del aguafiestas desde el fondo del pasillo tenebroso—. ¿Cómo sabes lo que hicieron y dijeron los Mondragón, si tú no estabas presente?

—«¡Diablos!», exclamó su padre —insiste Otis con firmeza desafiante—, tanto si te lo crees como si no. ¿Quién demonios está contando aquí la historia, lengualarga? ¿Quieres seguir contándola tú? —un silencio pesado le responde—. ¡Pues cállate! «¡Voy con vos, padre!», afirmó Anabel, y «¡Diablos!» exclamó su padre. «¡Vuelve a tu cuarto inmediatamente, Ana Isabel!»

Pero no hubo forma de apearla de sus intenciones.

—¡No, padre: yo fui la ofendida y yo debo vengar mi deshonra!

—¿Pero qué dirán quienes te vean?

—¡Hace una semana que están oyendo hablar de mi deshonra! ¡Supongo que estarán deseando conocer a la deshonrada! ¡Dirán: «Ah, mírala, por fin la conocemos»!

Mondragón no discutió. No estaba acostumbrado a que le llevaran la contraria y no sabía qué hacer en un caso como aquél. Simplemente cabeceó y corrió a comprobar si sus esbirros habían preparado sus armas, el carro y los caballos, tal como él había dispuesto. Era así. Y era cuestión de salir cuanto antes.

—¡Vámonos!

Anabel, vestida de hombre, hosca, ceñuda y pétrea, ocupó el asiento junto a él, en el carro. Y los sicarios no hicieron ningún aspaviento porque pareció que su señor ni siquiera la había visto. «Vámonos.»

Y se fueron.

Y, una vez en Acapulco, estuvieron a punto de atrapar a Otis, pero se les escapó, enrolado en una de las corbetas de la expedición Malaspina.

—¿Cómo crees que habrá reaccionado Mondragón, Otis? —preguntó un día Malaspina.

—Sin duda, habrá acudido a cualquier contrabandista inglés o francés de los que pululan por Acapulco, para salir en pos de esta expedición y darme caza.

—¿Tan enconado crees que es?

—Ese Mondragón —repuso Otis— es un celoso guardián de su honor, mi capitán, porque no tiene más que el honor que defender. Sea lo que sea lo que signifique la palabra honor. No puede luchar por sus propiedades, ni por sus seres queridos, ni por sus ideales, porque no tiene nada de todo eso...

—¿Dices que no tiene propiedades?

—No tiene tierras ni propiedades porque las desprecia, porque quisiera tener mil y sólo tiene diez y, para él, diez y nada es lo mismo. No tiene compromisos ni fidelidades, no puede batirse por nadie ni ayudar a nadie, porque para él sólo existe una persona en el mundo, que es él mismo, y no conoce a nadie más. Tampoco puede luchar por un ideal porque no tiene ideas, ni las ha tenido nunca. Por eso ha de tener honor, la susceptibilidad, ese algo etéreo que para cada quien significa una cosa distinta. Todos necesitamos un motivo para vivir y él no tiene nada mejor que el honor. Como yo he manchado su honor, lo único que posee, no tendrá otro objetivo en su vida, nunca más, que el de vengarse. ¿No ha visto su sombrero con plumas, su espada toledana, sus brocados de oro y plata, su barba hirsuta y teñida? Una persona que todavía se viste así, como su tatarabuelo, una persona que no se da cuenta de que pasa el tiempo, de lo que pasa a su alrededor, esa persona es capaz de matar o morir por honor. De lo contrario, se vestiría de otra manera.

Malaspina se reía.

Los presos no entienden la ironía de Otis, y su silencio y su impaciencia invalidan aquella broma privada y sutil.

—A Rodrigo de Mondragón —continúa— no le costó demasiado encontrar a un contrabandista cerca de Acapulco.

En el continente americano había cientos de corsarios y contrabandistas, de todas las nacionalidades, que se aprovechaban de la mala administración española. La avidez del español europeo, que sólo veía en los territorios americanos una fuente inagotable de riquezas gratuitas, le llevó a reservarse el derecho exclusivo de importación de manufacturas, y luego no podía fabricar el suficiente volumen como para abastecer a los países ultramarinos. Eso provocaba lógicamente la proliferación y la impunidad del contrabando.

El contrabandista que encontró don Rodrigo se hacía llamar Estrongo y hablaba el español con minucioso y seductor deje inglés, sin erres y abundante en vocales imaginarias. Era un joven alto, de porte altivo, descarado, desparpajado, burlón, hermoso y vestido de forma más estrafalaria aún, si cabe, que el hombre que le esperaba en un rincón de la pulquería. Llevaba un arete en la oreja, lo que significaba que había pasado varias veces por el Cabo de Hornos y, por tanto, era capaz de mear contra el viento sin mojarse. Plumas de pájaros exóticos en el sombrero, alhajas por todas partes, espada al cinto, daga. Su sonrisa radiante y su mirada inquieta se burlaban del anacrónico caballero español. Pero guardaba las formas. Era, sin duda, un hombre educado, un caballero de fortuna que delinquía más por convicciones políticas que por codicia.

Tanto colorido en medio de la tabernucha no podía pasar inadvertido de ninguna manera. Era, evidentemente, un rico hacendado que contrataba los servicios de un pirata para una misión inconfesable. Pero a nadie le importaba eso. Los habitantes de las colonias protegían, ocultaban y admiraban como a héroes a los contrabandistas que tanto les beneficiaban.

—Necesito un barco veloz, para dar caza a un felón que me ha arrebatado mi honor. Me han dicho que vos disponéis de una goleta rápida y bien armada...

—Exactamente es una bergantina. Tres palos. El trinquete en cruz y las otras dos velas de cuchilla. La más rápida del Pacífico. La llamo bergantina porque se llama *Cecily*, es hembra y estoy casado con ella.

—Tiene que ser rápido...

—Rápida. Lo es.

—... y la marinería valiente.

—Lo es.

—Debemos alcanzar a la expedición de ese llamado Malaspina. ¿Habéis oído hablar de él?

—¡Pues claro que sé de él! Pero, ¿por qué tenéis tanto interés en perseguirle? No me digáis que es él quien os ha burlado.

Lo decía como si esa posibilidad le divirtiera.

—Él protege a quien abusó de mi hija.

Estrongo se inclinó hacia el hacendado por encima de la mesa, hablando de plata y en plata.

—¿Y qué ganaría yo con eso?

—Riquezas y honor.

—¿Riquezas?

—La mitad de mis propiedades. Preguntad. Cualquiera os dirá que soy inmensamente rico...

Si Estrongo hubiera preguntado, probablemente le habrían confirmado que Mondragón era muy rico. Nadie sabía nada, en realidad, del auténtico valor de sus propiedades.

—¿Honor? —preguntó Estrongo, intrigado por la segunda parte de la oferta.

—Un importante cargo militar en vuestro país, sea el que sea, si sabéis jugar bien las cartas.

—Explicaos.

—Probablemente, al gobierno de vuestro país le interesaría saber que Malaspina es un espía... y que vos habéis espiado al espía.

—¿Un espía?

—¿Qué otra cosa puede ser? ¿No os extraña que, en los tiempos que corren, la corona española sienta una inquietud cultural y científica tan grande para financiar una expedición como ésta? Hace ocho años que las colonias del norte de América lograron la independencia. ¿No es lógico pensar que España tema algo similar en sus colonias, sobre todo cuando nunca ha sabido controlar totalmente lo que ocurría aquí?

Estrongo guardó silencio. Bebió un poco de vino. Murmuró:

—Así que Malaspina sería un espía.

—¿Qué os parece si le seguimos... —le tentó Mondragón— sólo para ver qué hace... y luego se lo contáis a vuestros embajadores?

—¿En qué dirección viaja ese Malaspina?

Los hombres de Mondragón habían tenido oportunidad de hablar con cinco desertores y con la gente de la Expedición Malaspina que se había quedado en tierra junto al oficial Alcalá-Galiano.

—He oído que van en busca del Estrecho de Anián. Subirán bordeando la costa, rumbo norte, hasta el paralelo 60.

—Nunca he viajado tan al norte —dijo Estrongo.

Don Rodrigo de Mondragón no lo interpretó como una negativa, porque no lo era.

Al día siguiente, una ancha almadía llevó a cuatro personas y seis inquietos caballos hasta el *Cecily*. La más llamativa de las personas era Mondragón, con sus ropajes multicolores, pesados, incómodos para soportar el calor y para trepar a bordo por una escalerilla de cuerda. Tuvieron que ayudarlo entre unos cuantos marineros, unos empujando desde abajo y otros tirando de él desde cubierta. Otras dos personas eran los esbirros armados con que había dado infructuosa caza a Otis unas noches antes. Fermín había tenido que quedarse guardando cama: tenía varios huesos rotos. La cuarta persona, de pantalones y camisa demasiado holgados, botas de montar y sombrero de ala ancha y caída, aparentemente un muchacho desgarbado de mirada esquiva, resultó ser una hermosa e inesperada mujer.

Los ojos de Estrongo, como los del resto de los piratas, quedaron encandilados, prendidos y prendados de aquella belleza.

Mientras unos cuantos marineros, ayudados por los esbirros del castellano, procedían a izar los caballos a bordo mediante un engorroso sistema de poleas y cuerdas, don Rodrigo de Mondragón, manoseando un pesado bastón de puño de plata, se colocó ante el capitán corsario y ladeó la cabeza, tratando de atraer su atención.

—Capitán... —murmuró con delicadeza.

Estrongo despertó del sueño más dulce que había tenido en muchos años. Los ojos inmensos de la belleza se habían fijado en él, se habían animado imperceptiblemente y habían mantenido su mirada. Como si les gustara contemplarse en un espejo tan halagador.

—¿Sí, mi señor Mondragón?

—Quisiera conocer al hombre más fuerte de que dispongáis entre vuestra tripulación... —solicitó el hacendado como si fuera un comentario casual.

Estrongo buscó alrededor con urgencia.

—¿Dónde está Gómez? ¡Gómez!

Cuanto antes encontrara a Gómez, antes podría devolver su atención a la espléndida pasajera.

—Éste es Gómez, señor. Es, sin duda, el más fuerte de mis hombres, señor.

Resultó ser un gigante fortachón de cara simiesca y feroz, ojos de asesino loco y manos como rocas. Estaba contemplando a la muchacha con una expresión ausente donde se mezclaban la estupidez y la lascivia. Estrongo lo mostró como si se dispusiera a venderlo como esclavo, y Mondragón lo observó como si fuera un posible comprador.

—Me alegro de conocerte, Gómez... —dijo con extraña amabilidad.

«Querrá un protector para la dulce dama —conjeturó el pirata—. Pierde el tiempo. Yo, personalmente, me encargaré de custodiar a este ángel.»

Se equivocó.

Con energía pasmosa, Mondragón clavó el puño de plata de su bastón precisamente en el vértice formado por las dos robustas piernas de Gómez. Éste aulló y se dobló por la cintura, desbaratado por sorpresa. Estrongo y sus hombres abrieron la boca. Antes de que pudieran decir nada, Mondragón enderezó al monstruoso Gómez de un trompazo en la nariz, de la que empezó a manar abundante sangre. Cegado y enloquecido de dolor, Gómez dio dos pasos atrás, tambaleándose, quiso apoyarse en alguna parte y se derrumbó al fin. Parpadeaba, resistiéndose a cerrar los ojos, pero no veía nada. Se movía, pero había perdido el sentido.

—¡Pero, mi señor...! —protestó Estrongo.

«Este hombre se ha vuelto loco.» Echó una ojeada en dirección a la mujer, como pidiéndole instrucciones, pero ella se mostraba impasible.

En cualquier otro caso, los otros piratas hubieran reaccionado violentamente, y el agresor no hubiera tardado en ser companage de tiburones. Pero sabían que aquel fantoche gordo y loco era el que pagaba su expedición y le concedían la razón al actuar como actuaba. Una vez resignados a la inactividad, tampoco estaba mal ver cómo le zurraban la badana al animal de Gómez. Por una vez, veían humillado al humillador y, si no se atrevían a reír a carcajadas, sí que más de uno se regodeó en secreto.

Mondragón había dado un salto atrás y gritaba, dirigiéndose a todos los presentes y señalando a la mujer vestida de hombre.

—¡Ésta es mi hija Anabel! ¡Y va a viajar en este barco, con todos nosotros! ¡Sólo he querido demostrar lo que podría sucederle a aquel que ose dirigirle la palabra!

Estrongo sonrió, complacido por la valentía del padre gritón e intransigente, y bendijo la agresión como si la hubiera llevado a cabo él mismo. Para demostrar su aquiescencia, sonrió cuan seductor era, y volvió a clavar sus ojos matadores en los inmensos y desconcertados ojos de Anabel.

Y Anabel, suave e imperceptiblemente, hizo el esfuerzo de tirar de las comisuras de sus labios, en algo que también podría interpretarse como una sonrisa.

—Lo que yo digo —protesta el aguafiestas de las sombras— es cómo puedes saber tú todo esto, Otis, si tú no estabas allí. Eso es lo único que yo digo.

Cae sobre él un diluvio de puñadas, manotazos y gorrazos, y lo apabulla una chifla y rechifla infernal que deja sentada la incondicional fidelidad de un público para con su artista.

3

Crecieron los blanquísimos y colosales icebergs en torno a las corbetas *Descubierta* y *Atrevida*, y en la orilla, los alerces, los sicomoros y los abetos oscuros y densos bajaron entre breñas puntiagudas hasta tocar el mar. Al fondo, pero tan nítidos, en una atmósfera tan cristalina, que parecían a menos de una jornada de distancia, los serenos e imponentes picos nevados. Monte Fairweather primero, Monte San Elías días después. Excepcionalmente, a través del catalejo, pudieron ver el embarcadero y la choza de madera de uno de los asentamientos rusos, comerciantes de pieles de nutria, marta y zorro. Más al interior, un penacho de humo delató la existencia de nativos. Habían transcurrido cincuenta y cinco días de viaje, desde la tórrida Acapulco. Era el 24 de junio de 1791 cuando divisaron Puerto Mulgrave, en los 59° 50′ 30″ de latitud, prácticamente en el lugar exacto donde Ferrer Maldonado decía haber encontrado el Paso de Anián. Hacía muy poco que se habían apagado ya los ecos del ensordecedor resquebrajamiento de los hielos, y en las orillas deshabitadas podían verse florecillas multicolores y apiñadas muchedumbres de morsas.

Cuando el relato llega a Puerto Mulgrave, Otis trata de abreviar y pasar rápidamente al capítulo siguiente, porque allí ni él ni Malaspina tuvieron demasiado protagonismo. Pero su público no le deja escapatoria. Los que ya han escuchado otras veces la narración en seguida vociferan, ansiosos:

—¡Cuenta lo de las indias, Otis! ¡Lo de las indias!

Para castigar la ineludible imposición, Otis remolonea refiriéndose de mala gana a los primeros contactos con los nativos de la zona, «los más redomados negociantes con que jamás nos habíamos encontrado». Cuenta cómo escucharon el estupendo himno de bienvenida mucho antes de poder divisar dos canoas grandes y una pequeña que salían a recibirlos. Los invitaron a subir a bordo y les ofrecieron galletas, tocino y sebo, y accedieron los españoles al ritual de bajar a las canoas tantos rehenes como nativos subían a las corbetas.

—¡Las mujeres, Otis, las mujeres! —exigen los prisioneros, hambrientos.

—¡Esperaos, diantre! —protesta Otis—. ¡Antes tengo que explicar cómo eran esos indios!

—¡Lo de las mujeres se entiende perfectamente aunque no se sepa cómo son los indios!

—¡Pues cuéntalo tú!

Protestas. Un rato de barullo hasta que los chistidos y los gritos airados imponen el silencio de nuevo.

Aquellos nativos de Puerto Mulgrave eran tremendos negociantes. Cuando subían a bordo llevaban ocultas bajo mantas sus mercaderías y estudiaban con atención pero impertérritos lo que los forasteros les ofrecían. Al fin, cuando veían algo que les interesaba, sacaban a la luz una muñequita, o una tira de piel, o un salmón recién pescado, y proponían el cambio. No enseñaban nada más y regateaban como resabiadas manolas ante un bodegón de puntapié. Malaspina era muy cuidadoso en lo referente al trato con los nativos. Para evitar malinterpretaciones, discusiones y eventuales enfrentamientos, prohibió toda relación de la marinería con las mujeres y niños en las chozas del campamento e impuso unas reglas de urbanidad más rigurosas que las que podían imperar en la Corte. Y tan respetuosos tenían que ser con ellos que, al final, los nativos se hacían con todo lo que más les gustaba, sobre todo piezas de ropa. Y resultaba muy curioso verlos deambular luciendo viejas casacas, piezas de uniforme, calzones, camisas y sombreros de todo tipo, que contrastaban de forma chocante con las pinturas de sus rostros y las pieles con que completaban el atuendo.

—¡Las mujeres, Otis, qué pasó con las mujeres!

—¡Ya va! ¡Tenéis que saber antes que el ambiente que reinaba entre los indios y nosotros era sumamente afectuoso, pero no comprendíamos su lengua...!

—¡Eso ya lo sabemos!

En lo que podríamos llamar la plaza mayor del campamento indio, el *ankau* o viejo cacique bailaba ante el grupo de oficiales blancos que, sentados en el suelo, formando un corro, lo observaban con detenimiento. El pintor Tomás de Suria lo retrataba inmortalizando, hasta el último detalle, cada gesto y cada pieza de vestuario. El erudito checo Tadeus Haenke escribía en papel pautado las notas de aquella música, que respondía a criterios tan lejanos y desconcertantes como fascinantes. Consiguió registrar todas las melodías de todos los pueblos que habían encontrado en su recorrido.

El cacique les habló de batallas sostenidas con las tribus vecinas, se vanagloriaba de haber salido vencedor aun cuando el enemigo poseía seis fusiles y hasta un caballo.

—... O eso, al menos, era lo que decían don Antonio Tova, el gallego Barbeito y otros políglotas de la expedición que se encargaban de traducir la epopeya al respetable —Otis se permite un inciso dubitativo—. Pero no estoy seguro de que ellos lo entendieran todo. Tan pronto nos decían que el cacique se llamaba *Ankau* como que la palabra *ankau* significaba cacique. A lo mejor, el pobre hombre no nos estaba hablando de una batalla, sino de la conquista de una dama, y no eran seis fusiles y un caballo, sino seis caballos y un fusil.

Hasta los prisioneros más degradados tienen derecho a pitar e insultar a quien hace un chiste tan malo. Otis se ríe con benevolencia mientras le mientan a la madre, y terminan riendo todos a carcajadas y celebrando la ocurrencia como si fuera la mejor del mundo.

—Las relaciones eran, pues, inmejorables —abrevia al fin Otis, al darse cuenta de que su morosidad está convirtiendo la impaciencia en desaliento incluso entre los más ávidos.

Y resume rápidamente el robo de un candado en la corbeta *Atrevida*, cuyo autor fue castigado por el mismo *ankau*, y el intento de deserción de un artillero llamado Manuel Fernández, acaso embriagado por la belleza del paisaje, y en seguida anuncia que va a relatar el episodio de las mujeres.

No sabe si el silencio que sigue es de expectación. Tal vez sea demasiado tarde.

Bueno, el caso es que un día se encuentra Otis con un nativo que le muestra a cinco o seis mujeres, muy sonrientes ellas, medio tapadas con pieles, y que le dice algo difícil de comprender. Reclamó la atención de Malaspina, que pasaba por allí.

—Mi capitán. Vea lo que me está diciendo este indio.

Los protagonistas de la anécdota no fueron ni Otis ni Malaspina, pero qué importa eso si los personajes conocidos y próximos hacen la historia más interesante.

El nativo repetía su monserga, sin dejar de sonreír. Y las mujeres que lo acompañaban asentían con la cabeza y sonreían a su vez.

—No entiendo lo que dicen —aseguró Malaspina, algo incómodo.

No estaba cerca don Antonio Tova, el intérprete, y por tanto ninguno de los dos podía comprender exactamente las palabras que estaba pronunciando el nativo, pero a Otis le parecía que no podía caber duda respecto a lo que estaban diciendo.

—Me parece, señor, que nos está ofreciendo a esas mujeres —se atrevió a decir finalmente.

Aullido alborozado e interminable de los prisioneros de la oscuridad. Risotadas, aplausos y silbidos.

—¿Que nos las está ofreciendo? —se resistía Malaspina a una situación comprometida—. ¿Para qué?

—¡Eso, eso! ¡Para qué! ¡Para qué! —repite el público entre escandalosas y gratificantes carcajadas.

A Otis no le cabía en la cabeza que el otro no comprendiera.

—¿Para qué le parece que podría ofrecérnoslas?

—Vete con cuidado con no equivocarte, Otis —le reprendió el oficial con severidad—. Una mala interpretación, un gesto equivocado, y podemos desencadenar una batalla campal. No venimos como conquistadores, ni como invasores, ni como ladrones, ni como violadores...

—Ya lo sé, mi capitán, pero... si nos las ofrecen, ¿no será un desaire despreciarlas?

—No nos las ofrecen —cortó Malaspina, cada vez más nervioso.

Se disponía a dar la espalda para huir de la quema cuando el nativo le recordó su presencia parloteando con más vehemencia. Y aprovechó que Malaspina dirigía su atención hacia él para quitar la piel de lobo marino que cubría a la más jovencita y descubrirla en toda su inequívoca desnudez.

La palabra desnudez resulta milagrosa. Puede venirse abajo el presidio si los presos continúan gritando de esa forma.

—Me parece que sí que nos las está ofreciendo, señor —insistió Otis—. Y me parece que sería considerado de muy mala educación cualquier intento de rechazo.

Y termina Otis la anécdota, entre el griterío frenético de su público excitado, añadiendo:

—... Y mi señor don Alejandro Malaspina tuvo que rendirse a la evidencia. ¡Y hubiera sido de muy mala educación rechazar semejante regalo!

Risas, comentarios interminables, toses, gemidos de hilaridad, palmadas, repiquetear de escudillas metálicas contra las rejas. Éxito absoluto.

Nadie prestará ya atención al colofón de la aventura en Puerto Mulgrave. Si habían recalado allí era para continuar la exploración de aquellos parajes con canoas y chalupas de poco calado, investigando cada una de aquellas rías o fiordos o ríos que siempre terminaban siendo un callejón sin salida. Conocieron paisajes edénicos, se extasiaron ante sorprendentes y mágicos glaciares (uno de los cuales terminaría llevando el nombre de Malaspina, que aún conserva dos siglos después), se estremecieron ante la magnitud de los terribles osos pardos, que cazaban salmones a zarpazos, se rieron con las piruetas de las nutrias marinas, cazaron linces y muflones y hasta durmieron siestas en los húmedos y densos bosques de coníferas que bordeaban la costa. Pero no encontraron el mítico Estrecho de Anián.

—Le dije que no existía, capitán —le recordó Otis un día, al regreso de una de las excursiones.

—Todavía no me he dado por vencido —murmuró Malaspina, pertinaz.

—Cuando se dé usted por vencido, a este lugar le llamará Puerto Desengaño.

El 2 de julio tomaron posesión de un puerto al que Malaspina bautizó con el nombre de Puerto Desengaño.

Después, regresaron hacia el sur, bordeando la costa.

8

Nutka

1

Algunos días, cuando Otis reanuda su relato, alguien grita: «¿Pero qué dice ése?» «¡Que se calle!». O, simplemente, ese alguien continúa charlando animadamente hasta que los otros le ordenan que guarde silencio.

Esos importunos son los forzados que acaban de llegar y que no comprenden nada. «¿Un menda que nos cuenta su vida?» No conocen el resto de la historia y suelen protestar porque, para ellos, no tiene ningún interés. A veces, Otis tiene que hacer una pausa mientras los otros ponen en antecedentes al recién llegado de las circunstancias del relato. «¿No has oído hablar de la Expedición Malaspina?», oye que dicen. «Pues Otis estuvo con Malaspina. Lo conoció personalmente.» A veces, los novatos son recalcitrantes:

—¿Y a mí qué me importa?

Si estorban demasiado, tiene que imponerse al fin la voz cascada del carcelero cómplice amenazando con castigos desproporcionados a los que no se callen inmediatamente.

Una vez, se oyó que alguien comentaba con sorna:

—¡Escuchar cuentos...! ¡Me habían dicho que esto del penal era duro, pero no me imaginaba que lo fuera tanto!

Eso motivó algunas carcajadas entre el personal y la irritación del carcelero, que prometió un castigo ejemplar para el día siguiente. Otis tuvo que interceder.

—¡Déjalo en paz, hombre, que ha tenido gracia!

Los que enredan parloteando a destiempo, o los que se duermen y estorban con sus ronquidos, o los que, de forma extemporánea, proponen iniciar una partida de cartas o algo por el estilo, al serles afeada la conducta suelen alegar en su descargo que quieren escuchar la historia desde el principio.

—¡No os preocupéis! —grita entonces el carcelero de la voz cascada—. ¡Cuando termine, volverá a empezar! ¡Siempre lo hace!

Lo confirman algunos presos, entusiasmados.

—¡Yo ya es la tercera vez que escucho la historia!

También hay quienes desconfían.

—¿Y si sueltan a Otis antes de que haya tenido tiempo de terminar?

—¡No lo soltarán! —sentencia el carcelero.

En ese intercambio de réplicas aparece, inevitable, la pregunta:

—¿Y tú por qué estás aquí, Otis?

—Ya llegaremos a eso. Pronto lo contará.

—¿Cuántas veces has contado la misma historia, Otis?

No hay respuesta. En la callada que sigue, Otis se pregunta, con desasosiego, cuántas veces le faltan todavía por contarla.

—¿Y siempre la has contado igual?

Bueno, eso depende del público, de sus protestas o de sus risas, de la manera como contiene el aliento o como se impacienta. También depende de las ocurrencias que llegan a la mente de Otis por sorpresa, tal vez producto de las pesadillas de la noche anterior, o de que el cielo invisible esté encapotado o radiante de sol, o de que los moros hayan atacado o no la cantera. Pero sí, siempre ha procurado contarla igual, porque las variaciones en el relato se le antojan variaciones en su recuerdo, en su propia vida, altibajos que le hacen pensar que tal vez todo podría haber sucedido de forma distinta a como sucedió. Y en esos momentos se dice que, si algo quiere demostrar con la narración de sus aventuras, es que las vidas son únicas, irrepetibles e inevitables, que cada acontecimiento y cada vivencia son consecuencia exacta de sus anteriores y que, por tanto, él ha terminado encadenado en esta celda oscura y pestilente porque no podía terminar de ninguna otra forma en ninguna otra parte. Es su manera de creer en el destino. Y reafirma su creencia manteniéndose fiel a una única historia y a una única forma de contarla.

—¡Bueno, va, basta ya de interrupciones! ¡Callaos vosotros! ¡Y tú, continúa, Otis!

2

Dice Otis que nunca se había planteado la posibilidad de quedarse en Nutka. Si le preguntaba al artillero Barbeito por las costumbres y la lengua de los nativos de allí, asegura, era por pura curiosidad, igual que, años atrás, había aprendido un poco de inglés y de francés, cuando encontró a quien podía enseñárselos. Pura curiosidad y el convencimiento de que el saber le daba poder. El caso es que, poco a poco, en unos papeles que escondía en su bolsa de lona, iba confeccionando un vocabulario de los muvachats.

—¿Cómo se dice padre?

—*Noguexa.*

—¿Y madre?

—*Omahexa.*

—¿Y cómo se dice: «Soy amigo, vengo en son de paz»?

Eso ya era más difícil. Llegado el caso, Barbeito le aconsejaba que pronunciase la palabra *uocash,* que significaba «bien» o «muy bien», pero era utilizada como saludo. Decían los nativos «*Uocash, cuachis*» para saludar a un hombre, «*Uocash, cheis*» para dirigirse a una mujer, «*Uocash, clutsna*» para las casadas, «*Uocash, hacuatlis*» para las chicas jóvenes, y «*Uocash, hacual*» para las solteras.

Otis tomaba nota concienzuda de todo ello.

Frente a la Isla de San Rafael, hoy llamada Hog Island, donde se levantaba la fortificación y ondeaba la bandera española, divisaron, primero, los tres palos de una embarcación desaparejada y, luego, las fragatas *Concepción* y *Aránzazu,* la segunda de las cuales acababa de llegar transportando un cargamento de carne fresca desde Monterrey. La compañía de Voluntarios de Cataluña, que estaba instalada allí desde el pasado 4 de abril, les dio la bienvenida con griterío y disparos y amplios movimientos de brazos.

Los detuvo la calma chicha, a la puesta del sol, a una legua de la boca del puerto, y no pudieron entrar en él hasta el día siguiente. Entonces echaron el ancla frente a una playa donde se divisaba el apacible campamento muvachat.

Otis se llenó los pulmones de aquel aire helado y vivificante. Se sintió observado y, al volver el rostro, se encontró con un guiño cómplice de Barbeito.

No dispusieron de tiempo libre hasta el tercer día de estar allí. Entretanto, lo mejor ataviados posible, con los coletos perfectamente anudados, formaron para recibir la visita de don Manuel Saavedra, que en aquellas fechas estaba al mando del establecimiento militar de Nutka, y del capitán Pedro Alberni, comandante de la compañía de Voluntarios de Cataluña. Ellos excusaron la presencia del teniente de navío Francisco Elisa, comandante oficial del puesto, quien se encontraba en un viaje de reconocimiento al norte de Nutka.

Después de estos trámites oficiales, los científicos, alborozados como chiquillos, se lanzaron a sus juegos predilectos: estudiaron mapas, plantaron teodolitos y montaron un observatorio desde el que pretendían medir la declinación y la inclinación magnéticas y las oscilaciones del péndulo para determinar la fuerza de la gravedad terrestre.

Naturalmente, Otis es incapaz de repetir con exactitud las pretensiones de aquellos hombres de ciencia y se limita a decir, como suelen decir las madres para describir los juegos de sus hijos, que «se pusieron a enredar con sus cacharros».

En el fuerte de Nutka, había un horno de pan fresco y la huerta más española que ninguno de los marineros había visto desde que salió de su ciudad natal. Aquélla era la puerta del paraíso: pan fresco y jugosas hortalizas, ¿para qué pedir más?

Se procedió al reemplazo del agua y la provisión de leña al tiempo que se preparaban las expediciones en canoa por los numerosos canales, ríos, riachuelos y rías de tan abrupta costa, por si allí encontraban casualmente la embocadura del Estrecho de Anián.

—Todo el mundo hablaba de lo orgulloso e imprevisible que era el jefe Macuina, cacique de los indios muvachats establecidos allí —dice Otis—. Como siempre ocurría, nadie pronunciaba ni escribía igual el nombre de Macuina. Unos le llamaban Macuina, otros Maquina, otros Máquina. Cuando le conocí personalmente y le pregunté: «¿Pero tú cómo te llamas, de verdad?», me enseñó unos escritos en inglés donde alguien hablaba sobre él y allí constaba como Maqulla. Lo cierto es que sus súbditos le llamaban Tahis y, cuando pronunciaban su nombre, lo hacían de una forma un tanto confusa. El primer nativo que se nos acercó fue una especie de jefe subalterno cuyo nombre era tan raro que tardé días en memorizarlo pero nunca lo he podido olvidar. Se llamaba Flugpanansulg —aplausos desganados de los oyentes, que quieren significar «Al grano, al grano, que eso no interesa»—. Después de él, vinieron otros indios, diciendo que eran parientes de Macuina y presumiendo de lo muy poderosos que eran, tanto ellos como su jefe. Pero Macuina no comparecía.

Cuando se terminó de hacer el acopio de agua y leña, los oficiales facilitaron jabón a los marinos, les prepararon una comilona en tierra, con doble ración de vino, y les permitieron, finalmente, disfrutar de un poco de libertad.

Mientras comían y alternaban con los catalanes de Alberni, Otis le comentó a uno que no esperaba ver tantos barcos ni tanta población española por allí. Le contestó el soldado:

—Pues esto no es nada. Hace dos días, además de éstos, estaban aquí el paquebote *San Carlos* y la goleta *Saturnina*, que ahora han partido hacia el norte con el comandante Elisa. Había también la fragata *Princesa*, al mando de Jacinto Camaño, que se ha ido al puerto de San Blas, llevándose a todos los soldados enfermos de escorbuto. No es raro ver barcos de piratas o contrabandistas, con bandera inglesa, o francesa, rondando por aquí. Todavía no se sabe quién va a quedar como dueño y señor de estas tierras.

A Otis le gustaba disfrutar la libertad en soledad. Así que, cuando les fue concedido el permiso, escamoteó una barca y remó hasta la orilla más cercana, para perderse en el frondoso bosque de abetos negros, alisos y fresnos que llegaban hasta el mismo borde del mar.

Quedó extasiado ante la extraordinaria altura de aquellos árboles, ante sus troncos tan gruesos, ante una vegetación tan densa y limpia a la vez. Otis había tenido oportunidad de conocer las selvas tropicales y allí le había asustado la salvaje feracidad que se enseñoreaba de forma tiránica y agresiva. La flora selvática era amenazante, era un espeso obstáculo por el que había que avanzar a machetazos, y se cerraba a la espalda del caminante como una trampa. Era oscura como una gruta, maloliente porque la humedad todo lo pudría, las aguas que corrían por ella eran fangosas, los animales que se ocultaban en el ramaje eran venenosos y traidores y emitían gritos infernales. En aquel bosque de Nutka, en cambio, la vegetación era acogedora y su abundancia protectora. El sol pasaba a través de las ramas de los árboles dando brillos distintos a los distintos verdes, las aguas eran cristalinas y musical su rumor, se respiraba frescura y fragancia y los cantos de los pájaros transmitían una euforia parecida a la mejor de las borracheras. Vio cervatillos, que le rehuyeron asustados, y ágiles ardillas, y un pájaro carpintero que, después de dirigirle una mirada despectiva, continuó su labor impertérrito.

Allí conoció a la *escuó* llamada algo así como Quatlacasiyinic.

—¿Una qué llamada cómo? —exclaman sus oyentes, desconcertados.

—Una *escuó* —repite Otis, comprensivo con la ignorancia, pronunciando a su manera el término algonquino que los ingleses escriben *squaw*—. Así llaman los indios a las mujeres. Una mujer llamada Quatlacasiyinic...

—¿Cuatla...? —se lo hacen repetir.

—...Casiyinic! —Otis zanja la cuestión con un grito, agotada la paciencia—. Significa «Nutria de Ojos de Fuego».

—«Nutria de Ojos de Fuego» —repiten extasiados los presidiarios, siempre sensibles a los ingredientes románticos de la narración.

—¿Qué es una nutria? —pregunta alguno.

Lo hacen callar.

Quatlacasiyinic era una muchacha menuda, frágil, de movimientos delicados. Apacible, ingenua, cómica como una nutria marina, de esas que se ve flotar en el agua boca arriba, rascándose perezosamente la panza y mirando alrededor con ojillos redondos de grata sorpresa. «¡Hombre, qué alegría, tú por aquí!» Sólo que la mirada de Quatlacasiyinic tenía una intensidad que se clavaba entre ceja y ceja como un flechazo, y penetraba hasta el corazón y allí se instalaba, eternamente inolvidable.

Vestía una especie de esclavina ceñida al cuello, que la cubría hasta los codos, y una falda hasta los pies. El pelo, muy largo, formaba dos trenzas que le enmarcaban el rostro. Se había pintado las cejas con una gruesa pincelada negra y dos líneas de rojo intenso partían de las comisuras de sus labios hasta sus orejas, como en un desmañado intento de ampliarle la sonrisa.

Llevaba un pequeño cesto y estaba absorta en la

tarea de recoger bayas de unos arbustos que Otis no había visto nunca.

—Es la imagen más sencilla, bucólica y agradable que recuerdo haber visto en muchos años —dice Otis.

El silencio con que los prisioneros acogen estas palabras permite imaginarlos con cara de ensueño, ojos en blanco, sonrisa beatífica. Quién diría, al verlos así, que son tan peligrosos delincuentes.

—¿Y qué hiciste, qué hiciste? —ronca el menos romántico de todos, el más lúbrico, figurándose quién sabe qué.

—No pude hacer nada —replica Otis, casi ofendido—. Sólo la observé sin que me viera, y regresé a la barca, y al fuerte, y a bordo de la *Descubierta*. Y aquella noche soñé con la india más hermosa que había visto en mi vida.

3

Por primera vez desde que se había enrolado en la *Descubierta*, al día siguiente Otis hizo todo lo posible por escabullirse de cualquier trabajo u obligación que le absorbiera demasiado tiempo.

Se ofreció voluntario para cargar provisiones en las lanchas con que los tenientes de navío José Espinosa y Ciriaco Cevallos se disponían a explorar durante nueve días todos los canales de la zona. Eso evitó que lo destinaran a tierra, a cortar leña, o a la restauración de la arboladura y el velamen de las corbetas. Luego ayudó a trasladar al fuerte herramientas, telas, medicinas y víveres y, en uno de los viajes, se olvidó de regresar. Se perdió en un rincón del dispensario, donde unos cuantos soldados enfermos, heridos o simuladores bebían una clase de cerveza que los franceses llaman *sapineta* y que el cirujano don Francisco Flores había fabricado con hojas de pino. Habló con ellos de la posibilidad de llegar hasta los nativos y, más exactamente, hasta las nativas. ¿Eran tan peligrosos como se decía?, preguntaba, aun cuando no recordaba que nadie le hubiera dicho que los muvachats fueran peligrosos.

Los catalanes cabeceaban, fruncían los labios y se limitaban a decir «Imprevisibles».

Desde el fuerte, vio cómo algunos nativos llegaban en sus canoas a las corbetas llevando pieles para cambiarlas por armas, platos y ollas de cobre, botones del uniforme, galletas con melaza, que eran su bocado predilecto, y, cómo no, ron. «*Lum*», decían. «*¿Macam-masish? Lum*», decían. «¿Quieres comprar? Pues dame ron.»

Otis dirigió un catalejo hacia el bosque donde había estado el día anterior y descubrió que todavía pululaban por allí unas cuantas muchachas recogiendo aquellas extrañas bayas. No pudo resistirse a la tentación. Llevaba pensando en ello todo el día. Sacó brillo al abanico que le había regalado Anabel de Mondragón, lo ató al extremo de una cuerda bastante larga y, armado con semejante arte de pesca, consiguió una lancha y remó hacia su destino.

Quatlacasiyinic mordió el anzuelo con toda su inocencia. Primero se maravilló al descubrir un abanico de seda y plata entre los arbustos. Luego, se maravilló de que el abanico huyera de sus manos, a medida que Otis daba tirones de la cuerda. Por fin, descubrió al intruso detrás del tronco de un árbol, entre los helechos, y estuvo a punto de gritar.

—¡*Uocash, cheis!* —susurró Otis. Sabía que había otras mujeres deambulando por el bosque—. ¡*Uo-*

cash, hacuatlis! ¡Uocash, hacual! —Agotó de una sentada todos los saludos que conocía. Saludo para las mujeres, para las chicas jóvenes y para las solteras.

La muchacha ocultó una sonrisa deliciosa con la mano. Le hacía gracia la forma como Otis pronunciaba su idioma. O acaso Barbeito era un bromista y Otis estaba diciendo cualquier disparate. Fuera como fuese, es bien sabido que la risa siempre es un buen comienzo.

Otis se acercó a ella. Se intercambiaron los nombres. Ella dijo: «¿Otis?», muy extrañada. Él dijo: «¿Qué?», y ella repitió: «Quatlacasiyinic». A Otis le pareció que nunca podría pronunciar aquella palabra, y mucho menos recordarla. Aunque la muchacha hablaba un poco de español y un poco de inglés, no pudieron entablar una conversación demasiado brillante. Otis le dijo que era español, que su nombre era especial, que había llegado en barco, que sabía navegar muy bien y que le gustaba el paisaje. Ella le dijo que las bayas que recogía eran muy sabrosas y que se llamaban yama. Otis le pidió el abanico y le enseñó a abrirlo y cerrarlo con donaire, a abanicarse, a esconder el rostro tras él, asomando únicamente unos ojos coquetuelos. Quatlacasiyinic lo imitaba, y no podía parar de reír, pero aprendía de prisa.

Súbitamente, una flecha se clavó en un tronco cercano y se quedó vibrando allí, a modo de advertencia.

La muchacha emitió un grito y se puso en pie de un salto.

Entre los árboles, un poco más allá, se apiñaban unas cuantas mujeres, tan asustadas como Quatlacasiyinic, con sus cestitos repletos de bayas, y escoltadas por tres aborígenes armados. Otis también se puso en pie. No conocía suficientemente el idioma de los muvachats para dar ningún tipo de explicaciones, de manera que se limitó a sonreír. Levantó las manos en son de paz y dio unos saltitos simpáticos para ver si les arrancaba una sonrisita amistosa. Rieron las mujeres y rió Quatlacasiyinic, pero los hombres permanecieron ominosamente ceñudos. Uno gritó algo, en tono desagradable, y con el brazo hacía señas para ahuyentar al intruso. «Vete. Fuera de aquí.»

—Dice que te vayas —tradujo Quatlacasiyinic, innecesariamente.

Otis no se quería ir. Mucho menos si le echaban. «Eh —querían decir sus gestos bufonescos—, que soy amigo, que soy buena persona.»

Uno de los hombres se aproximó, muy decidido. Se colgó el arco del hombro. Otis se fijó en una especie de hacha o maza que colgaba de su cinto y que por allí se llama *tomajok*, y pensó en el machete que él llevaba a la espalda. Tuvo que hacer un esfuerzo para no desenvainarlo. Continuó sonriendo. El hombre que se acercaba tenía el rostro pintado completamente de rojo, lo que le daba un aspecto diabólico. Vestía un manto de color amarillo que le llegaba algo por debajo de las rodillas y que ceñía con un cinturón de piel de nutria.

—*¡Uocash!* —dijo Otis para demostrarle su buena fe, al mismo tiempo que esperaba recibir un puñetazo.

El aborigen lo ignoró. Agarró a Quatlacasiyinic de un brazo y le espetó una orden. La nativa le plantó cara sin arredrarse. Le soltó una parrafada chillona y provocativa. El nativo le replicó, enérgico, casi insultante, y tiró a la chica del brazo para apartarla de allí. Entre sus palabras, Otis pudo comprender *peshak*, que significa «malo», y creyó necesario intervenir.

—¡Oye, no la trates así! ¡Suéltala!

En su ademán hubo un matiz agresivo. Quatlacasiyinic calló y lo miró, asustada. El nativo puso la mano sobre el tomajok. Otis le mostró las palmas de las manos. Quatlacasiyinic gritó algo así como «*¡Talocual!*», y Otis interpretó que aquél era el nombre del nativo.

—Anda, *Talocual* —probó a negociar—: haz caso a la muchacha...

Los dos permanecieron frente a frente, mirándose a los ojos. En los del nativo había una intensa hostilidad. Los de Otis querían decir: «Espera, *Talocual*, no te enfades», pero no se apartaban ni parpadeaban. Dirigió los dedos a la correa que le cruzaba el tórax, soltó el machete y lo dejó caer al suelo.

El nativo apreció el gesto. Asintió, señaló a Otis con el dedo índice como diciendo: «Estás avisado, no te muevas de aquí», le dio la espalda y empezó a caminar llevándose a Quatlacasiyinic consigo.

Otis fue tras ellos. Pisó algo que crujió. Nativo y nativa lo escucharon y se volvieron hacia él. Otis sonrió. «¡Hola, qué tal!» Dijo: «*¡Uocash!*». El indio repitió el gesto con el dedo: «¡Estás avisado, no te muevas!», y se disponían a proseguir su camino. Otis también se disponía a proseguir su camino tras ellos. Le vieron por el rabillo del ojo. *Talocual* se detuvo y se encaró con él, agotada la paciencia. Gritó no sé qué. Y Otis, sin perder la sonrisa ni el aplomo:

—Me gustaría conocer tu pueblo.

Entonces, resultó que el nativo hablaba un castellano aceptable.

—¡Tú no conocer pueblo! —exclamó con voz áspera—. ¡Tú vete!

Siempre sonriente, Otis negó con la cabeza.

A Quatlacasiyinic se le escapaba la risa.

Talocual se volvió de nuevo para continuar su marcha, siempre tirando de la chica, y Otis observó que se encogía levemente de hombros, como agobiado por una carga inesperada y excesiva, cuando oyó los pasos del español tras él. Quatlacasiyinic se reía ya abiertamente. Y los otros nativos, cuando los vieron pasar por su lado, no sabían qué cara poner. Emprendieron la marcha hacia el campamento, ignorando al advenedizo. Una de las nativas, mayor que las demás, se colocó al lado de Otis y le dijo en castellano:

—*Talocual* —más tarde se enteraría de que Quatlacasiyinic había dicho Klayocuat, pero Otis decidió continuar llamándole *Talocual*— enfadado. No quiere problemas con soldados. Tú problema con soldados.

—Yo no problema con soldados —respondió Otis en el mismo dialecto sincopado.

—A jefe Macuina no gustar.

—Traigo mensaje de paz para jefe Macuina. No problema. Paz.

—¿Mensaje de tu jefe para jefe Macuina?

Ésa parecía una noticia importante que cambiaba las cosas. Tal vez si hubiera respondido que sí, dándoles a entender que era un enviado personal de Malaspina, su situación habría mejorado, pero Otis no quería que Quatlacasiyinic pensara que se le había aproximado con otras intenciones que no fueran intimar con ella. De manera que dijo:

—No, no: un mensaje mío. Yo quiero saludar a Macuina.

La nativa rompió a reír y corrió a contar la conversación a los demás. Las mujeres se reían, pero los hombres dedicaron a Otis una mirada llena de rencor.

Quatlacasiyinic también le echó una ojeada donde se mezclaban la admiración, la risa y la ansiedad.

4

Era un poblado grande, formado de unas veinte cabañas enormes, capaces de albergar varias familias cada una de ellas. La mayor mediría unos cincuenta metros de largo por diez o quince de ancho y pertenecía al jefe Macuina. La menor tenía la planta cuadrada, de diez metros por diez metros.

Avanzaron entre una doble fila de calaveras clavadas en picas y en seguida la fragancia del bosque se vio sustituida por un intenso olor a pescado podrido. Ancianos y niños interrumpían sus actividades para verlos pasar.

El enfurecido *Talocual* señaló uno de los habitáculos menores y ladró una orden, seguramente dirigida a tres mujeres, que, muy obedientes, se encerraron allí con Otis.

—Caramba, qué bien vivís —comentó él mirando alrededor como si le encantara la decoración.

La mujer de más edad le dio a entender que *Talocual* estaba muy enfadado, que se sentía herido en su orgullo y quería castigarle. Había ido a ver al jefe Macuina para que le permitiera luchar con Otis hasta la muerte.

Se habían acabado las risas. Al parecer, el tal *Talocual* era un gran luchador y mal enemigo.

—¿Pero por qué se ha enfadado tanto? —protestaba Otis, un poco inquieto—. Yo sólo quería visitaros. Me gusta mucho vuestra vecina. ¿Cómo se llama?

—Quatlacasiyinic.

—A ver, ¿cómo? ¿Cuatla...?

A sus guardianas les hacía mucha gracia su forma de pronunciar. Retorcía la boca, se encogía de hombros y se impulsaba con las manos. Pero las risas ya duraban poco.

Los hombres blancos, le dijeron, traían desgracia. Se instalaban allí (y señalaban en dirección adonde debía de estar el fuerte) y discutían y peleaban por ver quién se quedaba con aquellas tierras, y a ellos, a sus legítimos habitantes, nadie les pedía permiso ni opinión. No respetaban ninguna de las reglas de etiqueta que los muvachats consideraban imprescindibles antes de empezar a hablar. Llegaban sin ser invitados, se apropiaban de unos terrenos sin preguntar a quién pertenecían, no echaban el ancla junto al poblado, les ofrecían comida asquerosa y no organizaban en su honor bailes ni espectáculos de ningún tipo. Y cada vez había más barcos y más hombres blancos por la zona. Un día, un destacamento que construye un fuerte, una plaza militar. De pronto, siete barcos entrando y saliendo del puerto de Nutka. ¿Siete? Otis hizo el recuento: las fragatas *Concepción* y *Aránzazu*, el paquebote *San Carlos* y la goleta *Saturnina*, que estaban de viaje por el Estrecho de Juan de Fuca pero tenían base en Nutka; la fragata *Princesa*, que había salido con dirección a San Blas llevando a los enfermos de escorbuto; y las corbetas *Descubierta* y *Atrevida*. Le parecieron muchísimos barcos, casi como una invasión, y comprendió el desasosiego de los nativos. Y, por si fuera poco (continuaba la mujer), llega una canoa de los claucuate e informa de que hay otro barco anclado un poco más abajo, en territorio de los chaynuks.

—¿Otro barco? —se sorprendió Otis.

Sí, y se diría que sus ocupantes tenían la intención de instalarse en la zona, porque habían desembarcado seis o siete caballos.

Hacía siete años (proseguía la india en un castellano cada vez más fluido), cuando el jefe Macuina había subido a dar la bienvenida a un barco inglés, le pusieron pólvora en el asiento y, mientras estaba hablando, le prendieron fuego. Se rieron de sus aspavientos y de sus quemaduras. Los nativos, naturalmente, se rebelaron, y los marineros ingleses recibieron orden de disparar contra ellos. Murieron más de veinte nativos, entre ellos un par de *tahis* (así llamaban a sus jefes), y Macuina tuvo que salvarse saltando por la borda y alcanzando la orilla a nado. Hacía dos años, cuando Esteban Martínez había llegado allí, y había confiscado el barco portugués y había espantado a dos barcos ingleses y había tenido el grave incidente con el *Argonaut* de James Colnett, un oficial español había disparado desde el barco y había matado a un tal Calicum, o Kekelen, un *tahis* pariente del jefe Macuina.

—¿Es verdad —preguntó Otis— que atacasteis un barco inglés y matasteis a toda la tripulación y les cortasteis las cabezas?

Recordaba las calaveras que decoraban el poblado.

La nativa le dijo que no, pero daba a entender con su expresión que eso podía suceder el día menos pensado.

—Yo soy amigo de Barbeito, un gallego que vivió aquí, con vosotros, hace unos años.

No lo recordaban. Le hablaron, sí, de un tal McKay, un cirujano de pelo rojo que había viajado con James Cook y que se instaló a vivir con ellos y les curaba las enfermedades. «Una especie de hechicero.» Luego, hubo otros que habían pasado por allí, pero no recordaban a ningún gallego llamado Barbeito.

—... Que se casó con una india, y a su mujer se la comió un oso —insistía Otis.

Que no, que no, que no se acordaban.

Como la entrevista entre *Talocual* y el jefe Macuina se prolongaba, las mujeres decidieron dar algo de comer a Otis. Éste pudo ver cómo cocinaban el salmón. Lo metían en un recipiente de madera, lo cubrían de agua y echaban piedras calientes de una cercana hoguera hasta que conseguían hacerla hervir. Lo sirvieron en una fuente, con almejas, aceite de pescado y huevas de arenque. Llegaron unos cuantos hombres y mujeres, probablemente la familia que vivía en aquella casa. Se sentaron en círculo, sobre sus propias piernas cruzadas y, mientras comían, se hurgaban en el pelo y se zampaban cada piojo que cazaban entre bocado y bocado, como suelen hacer los blancos con el pan.

—¿Por qué os coméis los piojos? —se asombró Otis.

La mujer que hablaba en castellano le contó que hacía muchos, muchos años una gran inundación había cubierto la tierra y los nativos habían tenido que salvarse en sus canoas. No tenían comida, y se hubieran muerto de hambre de no ser por los piojos que llevaban en sus cabellos. Gracias a ellos pudieron sobrevivir, y ahora, cada vez que comían, recordaban el milagro y se lo agradecían a su dios Cuoutiz.

Se descorrió la tela que hacía las veces de cortina y se enmarcó en la puerta el enfurecido *Talocual*. Echó una larga parrafada, que la mujer políglota tradujo inmediatamente.

Talocual desafiaba a Otis a un combate singular. Si Otis aceptaba, antes de luchar tenía que ir a buscar a otros españoles que fueran testigos de la pelea. Así, en caso de que uno de los dos muriera, nadie podría acusar a nadie de asesinato y no se tomarían represalias por un bando ni por otro.

La cosa iba en serio. Ya hacía rato que se habían acabado las risas.

Otis se puso en pie y ofreció su mano a *Talocual*.

Otis sabía que el motivo del combate no era el enfrentamiento anterior en el bosque, por causa de Quatlacasiyinic. Durante su espera, había tenido tiempo de aprender que los blancos no tenían ningún derecho a mostrarse arrogantes y prepotentes en aquella tierra que no era la suya. Tenía que reconocer que sobre la conciencia de los invasores pesaban demasiadas muertes, demasiados robos, demasiados engaños y demasiado desprecio. Le supo mal no haber pensado en ello antes de hacer el payaso en torno a Quatlacasiyinic, antes de regalarle el abanico y de marcarse unos pasos de baile ante un *Talocual* que sólo estaba defendiendo su territorio.

Comprendió también que no podía echarse atrás y anular el desafío como si no hubiera pasado nada. Ya era demasiado tarde. Tampoco ese desaire podía permitírselo. Tenía que luchar.

Talocual le estrechó la mano con firmeza.

—Dadme un par de días —pidió Otis. La mujer lo tradujo—. Dile que para mí será un honor batirme con él.

El nativo entrecerró un ojo, desconfiando de sus palabras, como si de un blanco sólo pudiera esperar triquiñuelas. Asintió con la cabeza y se hizo a un lado para dejar libre el paso.

Otis salió de la cabaña, fue a recoger su machete al bosque, montó en la chalupa y remó hasta el fuerte.

Aquella misma noche, pidió que Malaspina le concediera una entrevista.

9

Tomajok

1

Me voy, capitán —notificó Otis casi alegremente—. O, mejor dicho, no me voy. Me quedo aquí, en Nutka. Le agradecería que me pagara mi soldada y que me proporcionara armas, para cazar y defenderme.

—¿Desertas? —preguntó Malaspina sin severidad.

Estaban en el alcázar de popa. Era el día siguiente a la visita de Otis al poblado indio, y lucía un sol espléndido en un cielo infinito, sin nubes ni viento.

—Vine a usted buscando refugio. He oído que por aquí cerca anda un barco de blancos. No se atreven a visitarnos, de forma que cabe suponer que serán contrabandistas ingleses o franceses. En realidad, estoy seguro de que se trata del señor de Mondragón que viene a por mí con sus corsarios. No quiero que me encuentren en este barco.

—¿Por qué no? Yo puedo protegerte, como te protegí en Acapulco.

—¿Un enfrentamiento a cañonazos con un barco extranjero? —Los dos sabían perfectamente que el conde de Revillagigedo, virrey de Nueva España, mediante Real Orden, había prohibido cualquier escaramuza con embarcaciones inglesas—. Ha llegado el momento de separarnos, capitán. Ellos saben que huí con esta expedición y, tarde o temprano, se presentarán ante usted preguntando por mí. En algún momento, durante el viaje de regreso, se encontrará usted con Mondragón, ya sea en Acapulco, o en Monterrey o en San Blas. Sería un contrasentido montar en este barco para huir de Mondragón y luego regresar en este barco al encuentro de Mondragón...

Malaspina hizo un gesto de contrariedad.

—Bueno... —musitó.

—Ya le advertí que no llegaría al final del viaje, ¿recuerda? —Otis estaba consolando a Malaspina—. No se preocupe por mí, capitán. Me apetece conocer estas tierras. Su clima frío me recuerda los inviernos de mi patria chica.

—¿Piensas quedarte en el fuerte, alistarte con los Voluntarios de Cataluña?

—No, señor. Quiero quedarme con los indios hasta que el mundo se olvide de Otis. El artillero Barbeito dice que son buena gente.

Malaspina miraba al suelo, movía un pie, se apretaba los labios con un nudillo.

—Yo no puedo permitir que un miembro de la tripulación abandone el barco a su antojo. Ya tuvimos problemas con las deserciones en Acapulco...

—Pero esto no es Acapulco. ¿Qué otro marinero querría quedarse aquí?

—Todavía te necesito. —Tomó una determinación—: Ven conmigo.

Bajaron hasta la cámara principal. Por el camino, Malaspina solamente dijo: «Haremos las cosas a mi modo». Y, una vez cerrada la puerta, en la brusca penumbra de la estancia que olía a papel polvoriento y a tinta fresca, se dirigió a Otis para disponer, sin dejar resquicio para la réplica:

—No creo que te sea fácil acercarte a los indios. Don Cayetano Valdés y don Felipe Bauzá lo intentaron hace dos días. Cuando se acercaron a la ranchería de Macuina, encontraron vacías las casas y abandonado el poblado. Los indios se habían escondido en los bosques contiguos. Ayer, cuando al fin vino hasta nosotros el jefe Macuina para darnos la bienvenida, se negó a subir a bordo ni a admitir regalos. De todas formas, acepto que hagas el intento. Te daré tu sueldo en armas, víveres y quincalla para que negocies con los nativos. Aquí, el dinero no te serviría de nada. Si al fin consigues llegar hasta Macuina, y empiezo a creer que siempre consigues lo que te propones, deberás facilitarme una entrevista con él. Dile que queremos ser sus amigos, que tenemos más regalos para él. Velas para su canoa, cristales para sus ventanas, telas para sus vestidos de gala. Dile que le invitamos a tomar té. Y galletas y melaza. Y que le prometo que nos iremos pronto. Yo diré al resto de la tripulación que estás cumpliendo una misión para mí y que no actúas por tu cuenta. Necesito saber si estos nativos simpatizan más con los ingleses que con nosotros, si tienen algún pacto con ellos, qué saben de las posiciones rusas...

—¿Y cuando se vayan ustedes?

—Te abandonaremos. No serás tú quien nos deje, sino nosotros, que no podremos quedarnos a esperar por un solo hombre que se retrasa. Me impacientaré y te abandonaré, si así lo quieres.

—Me propone que actúe como un espía —repuso Otis, con intención—. Ésa es la principal función de este periplo, ¿verdad? El espionaje.

Malaspina le envió una ojeada que, en principio, denotaba recelo pero que, en seguida, se ablandó. Como si, en la fracción de un segundo, hubiera decidido que podía confiar en aquel hombre con el que, sin duda, simpatizaba.

—Cuando el señor Bustamante y yo planeamos esta expedición —explicó, mientras se relajaba visiblemente—, puntualizamos que, en primer lugar, nos interesaba la exploración científica de los territorios españoles, pero que, en segundo lugar, aunque no menos importante, nos íbamos a interesar por las inquietudes políticas de las colonias.

—Por eso fue usted a la ciudad de México y habló con americanistas e intelectuales. Por eso, mientras buscábamos el Paso de Anián, se le veía a usted más interesado en los establecimientos rusos que divisamos por la costa. Y supongo que los indios de Puerto Mulgrave debieron de proporcionarle información muy útil al respecto...

—Nadie ignora en España el descontento que reina entre los americanos. Ya tuvimos oportunidad de hablar de ello. Desde los años 60, se están militarizando los territorios coloniales y se controla a los sectores criollos proclives a la independencia...

—¿Y usted por los intereses de quién vela, señor? —interrumpió Otis con sorna indiscreta—. ¿Por los intereses de los indios expoliados, por los de los americanos desarraigados o por los intereses de España?

Malaspina replicó en tono gallardo y desafiante, como quien responde a una ofensa.

—Trabajo para España y busco la prosperidad de España. Pero la prosperidad de España sólo es posible si España cuida de la prosperidad de todos sus territorios. Es insensato pretender que todas las colonias pongan sus riquezas en una caja común que administrará la Corte sin rendir cuentas a nadie. Con ese sistema sólo se consigue empobrecer a las colonias y, consecuentemente, se empobrece España. Mira. —Tomó un pliego de papeles que había sobre la mesa. Se los tendió a Otis. Por un momento, pareció que estuviera justificándose—. Son mis conclusiones, es la memoria con que pienso rendir cuentas al rey, a mi regreso. Lee. Y dime luego para quién te parece que trabajo.

Otis leyó por encima. Demasiada letra y demasiado amazacotada. Pero se formó una idea de las intenciones de Malaspina. Y continuó admirándolo por ellas.

—...No soy literato —se excusaba el capitán de la expedición mientras el subordinado paseaba la vista de un papel a otro—. Una mano más experta que la mía tendrá que reescribir todo esto antes de que llegue a manos del rey...

Leyó Otis:

«Es imposible daros una imagen de este país sin ofender a la verdad o a la prudencia; no sólo las pensiones y los dineros, sino también los honores, se prodigan de tal modo y a gente de tal calaña que, ahora, la abyección es el mejor modo de distinguirse, y la adulación, las bajezas y la ignorancia son los únicos objetos que nos rodean...»

Y, más abajo, permitiendo que sus ojos saltaran de una frase a otra:

«Nefasta herencia de la conquista... pérdida de los mercados indianos... maléfica sed inagotable de plata... equivocados sistemas administrativo y fiscal... confusión entre riqueza y dinero, o entre proteccionismo y prosperidad comercial...»

—¿Crees que resume correctamente el actual estado de las cosas en el Nuevo Mundo? —preguntó Malaspina, impaciente por obtener una respuesta.

Otis estaba desconcertado.

—Me sorprende que me pida mi opinión, capitán.

—Responde. ¿Qué te parece?

Otis se aclaró la garganta antes de aventurarse. Sus ojos estaban fijos en una frase que tenía resonancias conocidas: *«El conquistador pilla, destruye y pasa, mientras que el comerciante y el agrícola poseen, mejoran, defienden».*

—¿Cree usted que es prudente hablar tan mal de los conquistadores y del comportamiento de los españoles en el Nuevo Mundo?

—Cuando hay demasiada gente empeñada en destacar sólo lo bueno que los españoles han hecho aquí, alguien tiene que subrayar lo malo. Sólo así podremos juzgar la historia objetivamente, a la luz de la razón, ¿no te parece?

Otis leyó en voz alta:

—*«...No ha de percibir España mayor cantidad de plata de aquella de que se haga acreedora o por sus frutos o por sus manufacturas...»* —Y luego—: *«La riqueza, en España, es imaginaria, mientras que en otros países es real y productiva porque los que vuelven con algún caudal compran tierras y fomentan su cultivo o invierten el dinero en fábricas y otros efectos comerciales...»*

Sonriendo, Otis se puso en pie y devolvió los papeles a Malaspina.

—Si me lo permite, mi capitán, y ya que me pide mi opinión, creo que es usted un ingenuo. ¿De verdad cree que era esto lo que le pedían?

Malaspina respondió, demostrando que era un ingenuo.

—Me pidieron un informe veraz. Y yo les dije, textualmente, que mi plan no se dirigiría a pequeñas reformas o al fácil desentierro de uno u otro defectillo de la Administración...

—Perdone, mi capitán. Aquí está usted diciendo que la Corona española hace las cosas muy mal en el Nuevo Mundo...

—Sin conocer América —se defendía Malaspina, nervioso—, ¿cómo es posible gobernarla?

Continuaba Otis, diciendo exactamente lo que Malaspina temía oír:

—... Y, cuando un gobierno invierte todo el dinero y el esfuerzo que significa esta expedición, lo que está pidiendo es que le digan que hace las cosas muy bien.

—¡No hago más que reclamar para América los beneficios de la revolución ilustrada! ¡Son inútiles las leyes que pretenden unir lo que por sí es diferente...! —protestaba Malaspina—. ¡Los intereses del español y del indio son enteramente opuestos! ¡Aunque olvidáramos que la relación entre el conquistado y el conquistador siempre será de antagonismo, las costumbres, los trajes y el mismo idioma de los españoles americanos nos demostrarían sobradamente que son otra nación! Pero me gustaría que, detrás de mi escrito, se viera un atisbo de esperanza. Todavía estamos a tiempo de rectificar, si actuamos con sensatez, defendiendo la razón y el equilibrio.

—La razón y el equilibrio... —interrumpió Otis.

Y, a pesar de la cuidadosa atonía de sus palabras, no pudo evitar que sonaran a sarcasmo. Muy tranquilo, el aventurero apoyó las manos sobre la mesa para acercar su rostro al de su crispado interlocutor:

—El nuestro es un país donde la sinceridad es muy peligrosa, señor —dijo. Y su tono sosegado ahora resultaba apaciguador—: La envidia y la mezquindad no son tan condenadas como en otros lugares. Incluso he visto cómo las aplaudían, según las ocasiones. Los envidiosos y los mezquinos descargan su conciencia si aprueban la envidia y la mezquindad de otros, ¿comprende usted? Permítame que le diga que vaya usted con cuidado. Ser demasiado honrado le cuesta a uno muchos más enemigos que ser un poco malo.

Malaspina graznó una especie de risa. Quizá le parecía increíble estar recibiendo una lección de un aventurero, proscrito e inculto. Quizá le hacía gracia descubrir que había elegido bien a su interlocutor. Se sentó. Se frotó la cara con ambas manos, y luego los ojos con los índices. Aspiró una larga bocanada de aire y soltó al fin, más calmado que antes:

—Sé que vivimos en un país peligroso, Otis, y estoy de acuerdo contigo en lo que dices referente a la envidia y a la mezquindad. Tienes que añadir algo más todavía: la ignorancia. La ignorancia es la madre de toda la maldad. El mediocre es el que se resigna a vivir en la ignorancia y se regodea en ella, encontrándole gracias y ventajas, al mismo tiempo que envidia hasta la muerte la inteligencia, de la cual abomina. Sé a quién va dirigido este escrito, y no te creas que no tengo miedo. Sé que el Santo Oficio está reuniendo pruebas contra mí, y que es cada vez más fuerte en nuestro país. Lo sé. Un amigo mío, cirujano de profesión, cayó en manos del Santo Oficio hace unos años. Te echarías a temblar si supieras las preguntas que le hicieron. ¿Por qué hay hombres que se desmayan al ver un gato, o al ver un queso, o una aceituna? ¿Por qué, en no sé qué lugar cerca de Teruel, en la tierra crecen huesos y calaveras como en otros lugares crece hierba? ¿Por qué los leones temen a los gallos y se estremecen al oír su quiquiriquí? ¡Esas preguntas se le hacían a un científico que defendía las modernas tendencias de la medicina! ¿Y sabes qué era lo que dependía de la correcta o incorrecta respuesta? La libertad de ese hombre. La reputación. Unos años de su vida. Quién sabe si su vida entera. Ésa es la peor de las ignorancias, Otis. La ignorancia que detenta y fomenta el poder.

—Así pues, ya sabe usted a lo que se expone con esas letras —dijo Otis, admirado por la valentía o por la inconsciencia del otro.

—Claro que lo sé.

—En ese caso, sólo puedo añadir que creo que no dice usted nada que sea mentira. —Alargó la mano hacia su admirado Malaspina—. Le conseguiré esa entrevista con Macuina, capitán. No sé si nos volveremos a ver.

Se estrecharon la mano con la firmeza de quienes están acostumbrados a despedirse para siempre.

—Me alegro mucho de haberte conocido, Otis. Hablaré con el contador, señor Rodríguez Arias, para que te pague lo que se te debe en la forma convenida.

Se miraron fijamente durante un largo instante, mientras Otis movía la mano izquierda hacia atrás, buscando a tientas el pomo de la puerta.

—Lo que más me ha gustado de su escrito es eso que dice de los poco cautos —abrió la puerta—. ¡Es cierto que confunden la riqueza con el dinero!

Ésa fue su fórmula de despedida. Salió y cerró la puerta dejando tras de sí un profundo vacío. Tan profundo como el silencio que ahora sigue a las palabras de Otis, en la terrible oscuridad del presidio. Pero en seguida el presente se sobrepone al pasado, y los presidiarios atentos se sobreponen a sus emociones, y cuchichean, maravillados ante la cantidad de filosofía que se encierra continuamente en el relato de Otis.

—Qué gran verdad. Mira que confundir riqueza con dinero... —comenta uno muy impresionado.

Otro silencio.

—¿Y no es lo mismo? —dice otro, pasmado.

Las corbetas de Malaspina salieron de regreso hacia Acapulco, sin Otis, el 13 de agosto de 1791. Dejaban atrás un enclave llamado Puerto Desengaño y se dirigían al encuentro de un desengaño mayor.

2

Al final de aquel día, una furiosa tormenta cayó sobre Nutka. El viento alborotaba las aguas del mar y hacía cabecear las copas de los árboles gigantescos. Mirando a través del catalejo, desde las almenas del fuerte del establecimiento militar, Otis pudo ver cómo los nativos se subían al tejado de la casa del *tahis* Macuina, desnudos y aterrados, y golpeaban los tablones rítmicamente, mirando al cielo y pidiendo compasión a su dios Cuautiz. Se reían los voluntarios catalanes de las supersticiones de los aborígenes. Otis, en cambio, pensaba en los exorcistas que, en toda España, conjuraban las tormentas, ya fuera con oraciones o con encantamientos y concluía que no había tanta distancia entre las gentes de su país, que se consideraban privilegiadamente civilizadas, y aquellos nativos a los que apenas se les concedía uso de razón.

Convenció a unos cuantos de los veteranos del fuerte para que lo acompañaran al poblado indio y muchos de ellos consiguieron la baja o un permiso, seducidos por la perspectiva de asistir a un combate singular entre uno de los suyos y un salvaje.

Un viento furioso se llevó la tormenta y, desde el amanecer, unas nubes blanquísimas, espesas y veloces hacían intermitente la luz del sol. Era un día desapacible y turbulento. Las aguas sacudieron intemperantes las chalupas de los hombres blancos que acudían como espectadores del duelo. Y eran desapacibles y vergonzantes los pensamientos de Otis mientras se acercaba a su destino.

—¡Ya tenía yo ganas de ver cómo revientan estos salvajes! —comentaba alguien a su lado.

Y Otis pensaba que él no, él no quería ver cómo reventaban, y mucho menos a sus manos. No quería ser el ejecutor, el representante de la tiranía del invasor contra el que tanto despotricaba. Al mismo tiempo, pensaba que, al menos por una vez, aquel nativo llamado *Talocual* (o algo así) tendría la oportunidad de atacar y defenderse y de vengar, sin temor a las represalias, tantas injusticias cometidas contra su pueblo. ¿Sin temor a las represalias? Miraba a su alrededor y se preguntaba si podía esperar un comportamiento ecuánime de aquellos hombres embrutecidos y ávidos de sangre que viajaban con él.

Y, de pronto, se vio en un prado, a una cierta distancia del poblado muvachat, despojado ya de su camisa, el torso desnudo y sopesando una pesada arma, mezcla de hacha y maza, de medio metro de longitud, hecha de hueso de ballena, labrada y policroma. Un *tomajok*. Nativos y blancos formaban un corro a su alrededor, excitados, nerviosos, anhelosos de sangre y muerte. Las mujeres se aglomeraban algo más lejos. Quatlacasiyinic lloraba y unas vecinas la consolaban.

Había hablado previamente con aquel nativo llamado Flugpananulg que había sido portavoz del jefe ante Malaspina y había acompañado a unos oficiales hacia los asentamientos de invierno, río arriba. Había hablado también con dos jóvenes hermanos, llamados Natzapi y Naniquius, todos ellos *tahis* de la familia de Macuina, y les comunicó el interés de Malaspina por entrevistarse con el jefe. Las conversaciones, en un ambiente enrarecido y violento, en una mezcla de español e inglés, terminaron por enturbiarse. Primero creyeron que decía hablar en nombre de su jefe para rehuir el combate, porque se acobardaba. Otis protestaba: «¡No, no!». Pues, para parlamentar, deberían esperar al final del combate. «¿Pero no es a muerte? ¡Si muero, no podré decir lo que tengo que decir!» Todo dependía del resultado del combate, le decían.

—¿Por qué? —le enfurecía la sensación de haber perdido el control de todo aquello—. ¿Qué significa eso? ¿Que, si yo venzo, odiaréis a los blancos y os negaréis a dirigirles la palabra? ¿Que emprenderéis la guerra contra ellos? ¿O que os someteréis al blanco sin condiciones? ¿O que, si vence *Talocual*, llevaréis mi cadáver a mi capitán para congraciaros con él? —Se veía metido en una trampa angustiosa. Se sentía traidor, tanto de los nativos como de su admirado Malaspina, y era incapaz de recordar cómo se las había apañado para meterse en aquel lío—. ¡Este combate nada tiene que ver con mi capitán Malaspina!

¿Pero cómo convencerlos de ello?

Todas aquellas discusiones, sin embargo, habían pasado como un sueño. Ningún milagro había corregido el destino y Otis ya se veía armado y dispuesto, viendo cómo *Talocual* cantaba y saltaba, implorando a su dios que le permitiera salir con vida de la prueba, «*Uocash, Cuautiz*».

Y abrevia Otis los prolegómenos porque se impacienta su auditorio, incómodo ante tan ambigua situación. A los presos les gustan los combates entre buenos y malos, entre aquel que debe ganar y ganará porque todos están de su parte, y el que debe perder y perderá porque sólo despierta odio y abominación. No les gusta esa simpatía que Otis les ha despertado por el nativo llamado *Talocual*. Ahora no saben si tienen que desear o no la muerte del salvaje.

Y abrevió *Talocual* su baile y sus súplicas porque también el público que los rodeaba hervía ya de excitación. Gritaban los blancos: «¡Mátalo, Otis! ¡Destroza al bailarín! ¡Queremos ver de qué color es su sangre!». Y los nativos debían de estar aullando cosas similares.

Cesó, pues, la agitación y el cántico del nativo, que de pronto se plantó ante Otis empuñando el *tomajok*, y a su alboroto siguió un silencio espeso como el aceite de ballena.

Tenía la mitad superior del rostro pintada de negro y salpicada de polvo de mica, lo que confería a sus ojos enrojecidos un fulgor demoníaco, y desde la nariz a la cintura iba pintado de rojo, para conjurar la sangre. Tal vez fuera efecto del maquillaje, pero a Otis se le antojaron ciclópeos sus brazos, sus hombros y su tórax, desarrollados en el constante remo de sus canoas y en numerosas luchas contra osos y ballenas. El ritual del baile lo había dejado jadeante y eso le hacía parecer más peligroso. De su exiguo taparrabos surgían dos piernas delgadas, arqueadas, deformadas por la forma en que aquellos hombres acostumbraban a sentarse. Se afirmaban en el suelo como si se unieran a él con raíces y parecían capaces de soportar la embestida de un toro sin moverse de sitio, pero pensó Otis que tal vez allí estuviera el punto flaco de su antagonista.

Por su parte, sólo atinó a santiguarse rápidamente, y lo hizo sin demasiada fe porque nunca había creído en la redención en la hora de la muerte. Imaginaba a un Dios sabio y justo que ya se habría formado una idea de la calidad de una persona cuando ésta llegase a la hora de su muerte. El Dios de Otis jamás permitiría que un hombre malvado entrase en el Reino de los Cielos, aunque muriera rezando el rosario. Como jamás permitiría que un hombre bueno se condenara sólo por haber muerto blasfemando. La suerte, pues, tanto de aquel combate como del resultado posterior, ya había sido decidida. ¿A qué esperar tanto, entonces?

Atacó el indio. Como ataca un tifón, como ataca la ola de un maremoto. Como ataca la ballena. Era una fuerza de la naturaleza desencadenada. Emitió un alarido que erizó el vello de todos los seres vivientes cercanos y se abalanzó sobre Otis descargando la maza con fiereza. Otis apenas tuvo tiempo de dar un salto atrás y esquivar el primer golpe. Con otro salto, esquivó el segundo. Silbaba la maza del otro. Interpuso su maza, como quien intercepta un tajo con el sable, y el golpe repercutió dolorosamente a lo largo de su brazo, hasta el hombro. Sujetó la muñeca del nativo, buscando el cuerpo a cuerpo, pero se encontró dando una voltereta en el aire, como si hubiera tratado de sujetar un caballo salvaje. Cayó pesadamente de costado y de su mano salió despedido el *tomajok*. *Talocual* dio una zancada hacia él, levantó la maza y la descargó.

Fue el suyo un gesto primario, previsible, ingenuo. Otis, en cuclillas, sólo tuvo que hacerse a un lado para evitar el golpe, y el indio quedó por unos segundos a su merced, sin equilibrio. Otis le envió un puñetazo limpísimo a la mandíbula, que dio exactamente en el blanco y envió al nativo al suelo cuan largo era. Si ese mismo golpe lo hubiera dado Otis con la maza, ahora *Talocual* estaría muerto.

Se precipitó Otis adonde había ido a parar su arma, la recogió. Sintió a su espalda el atropello del aborigen y fue capaz de adivinar exactamente lo que el otro pretendía. Simplemente, *Talocual* pensaba levantar su *tomajok* y descargarlo tan fuertemente como le permitieran sus brazos. Otis rodó por el suelo y el golpe del nativo se perdió en el aire con zumbido frustrado. Otis se levantó de un salto, pegó un grito y alargó la maza en dirección al nativo, que detuvo bruscamente su impetuoso ataque.

Jadeaban los dos, sudorosos. Se miraban a los ojos. Otis ya sabía que no tenía ante sí a un guerrero. Aquel hombre rojinegro que preparaba su próxima embestida era pura fuerza bruta. Probablemente era la primera vez que medía sus fuerzas contra otro hombre. Otis tenía sobre él la vergonzosa ventaja que el torero tiene siempre sobre el toro. *Talocual* atacaría siempre sin respetar ninguna regla de juego, porque no sabía que las reglas del juego existieran, porque no concebía que se pudiera reglamentar honorablemente una lucha a muerte. Sin embargo, las reglas son precisamente la clave para ganar el juego. Otis se había batido suficientes veces desde su infancia como para conocer todas las acciones y reacciones posibles en un combate cuerpo a cuerpo. Sabía predecir las embestidas, torear y contraatacar, aprovechar el impulso del enemigo para que actuara a su favor y sorprenderle con los golpes más inesperados. Sabía golpear con los puños, con la cabeza y con los pies y sabía que la atención del adversario cándido solía quedar prendida del arma, que podía ser fácilmente usada como capote engañabobos.

Atacó de nuevo el indio y su arma trazó exactamente las evoluciones previstas, como si Otis le hubiera indicado lo que tenía que hacer. Primero, cayó el golpe de arriba abajo para henderle la cabeza, y Otis sólo tuvo que saltar a un lado para ponerse fuera de su alcance, luego la maza silbó en un revés, de izquierda a derecha y luego de derecha a izquierda, y Otis sólo tuvo que dar dos saltos atrás. Vio el miedo en los ojos del nativo. Ya era suyo. Lo engañó con un amago del *tomajok*, como si pretendiera golpearle en la mejilla. La atención de *Talocual* se distrajo en aquella dirección y recibió por sorpresa un puntapié en la cadera que lo desmadejó y derribó de costado, en mala posición para reaccionar.

Antes de que pudiera incorporarse, Otis se le fue encima y descargó su maza sobre la muñeca armada. El indio gritó, soltó su arma y, de pronto, se vio aplastado contra el suelo. Otis le agarró de los cabellos grasientos y levantó el *tomajok* por encima de la cabeza, dispuesto a descargar el golpe mortal.

El nativo supo leer en sus ojos serenos.

Otis descargó el mazazo, que dio en el suelo, junto a la cara rojinegra. Los blancos lanzaron un chillido de júbilo, convencidos de que lo había matado. Los indios se estremecieron. Todos experimentaron un sobresalto al ver que *Talocual* respondía golpeando con los dos puños el rostro de Otis. Fue un porrazo sonoro y doloroso, que lanzó al blanco al suelo, a su lado. Las manos poderosas del cazador de ballenas sujetaron entonces el brazo armado de Otis y lo retorcieron, con ánimo de partirlo, al mismo tiempo que *Talocual* se incorporaba y apabullaba al rival con todo el peso de su cuerpo.

Otis soltó la maza. *Talocual* le pegó de nuevo, para alejarlo de ella. Luego, empuñó el arma y se puso de rodillas, y los dos quedaron de rodillas, frente a frente, armado el nativo, indefenso y entregado Otis.

Los dos se estaban entendiendo a la perfección, como los ejecutantes de una danza ensayada. Aquélla era una actuación de cara al público, para salvar el honor de *Talocual*. Otis había renunciado a matarlo y se ponía incondicionalmente en sus manos, dándole derecho sobre su vida y su muerte, como hacen muchos animales en sus enfrentamientos rituales. «Eres tú quien debe mandar aquí —hubiera querido decirle—. Yo soy un forastero, un advenedizo, uno de los invasores, y tengo que someterme a tu voluntad. Pero podemos arreglar las cosas para que mi honor sufra tan poco como el tuyo.» Se entendían perfectamente.

Talocual golpeó. Como siempre, sus intenciones fueron diáfanas. En aquella ocasión, tal vez más diáfanas que nunca. Otis no esquivó el golpe. Sólo interpuso el brazo, y acusó el impacto en el bíceps. Saltó la sangre y brotó el grito de dolor, y cayó el blanco de bruces, y sintió la mano del nativo en su nuca, inmovilizándole, cosquilleando su cráneo la intuición del mazazo definitivo.

Mazazo definitivo que no cayó.

Gritaba *Talocual* dirigiéndose a su público, y gritaban los nativos alborozados celebrando el triunfo que los resarcía, aunque sólo fuera de manera simbólica, de tantas ofensas padecidas. Otis se incorporó poco a poco, aparentemente humillado, y se vio rodeado de voluntarios catalanes que se interesaban por su salud.

—¿Cómo estás?

—¡Ha hecho trampas!

—¿Quieres que les demos su merecido a estos salvajes?

—Iremos en busca de refuerzos y...

—¡No, no, no! —les interrumpió—. Ha ganado en buena lid, y yo quiero quedarme con ellos.

—¿Quieres quedarte con ellos?

—Estoy cumpliendo una misión especial por cuenta del capitán Malaspina. Tenía que ganarme la confianza de los indios. Dejadme aquí. Ellos me curarán.

El regocijo venció a los voluntarios catalanes. Creerse engañadores, cómplices de una conspiración contra los salvajes, les compensaba de lo que primero habían tomado por ignominiosa derrota. Aceptaron de inmediato hacer el papel de resignados perdedores, y se despidieron de los muvachats con exagerada amabilidad, «aquí no ha pasado nada, el combate ha sido legal», dejando atrás al perdedor como si se les quedara olvidado algún objeto despreciable por inservible.

Y corrieron las mujeres a rodear a Otis y a interesarse por su herida. Y, en seguida, se reunió con él el rojinegro *Talocual*, y le tendió la mano, ya sin guiños ni desconfianzas. Durante el combate se habían entendido sobradamente, y no hacían falta más palabras. Sólo un firme apretón de manos. Y una sonrisa.

Los presidiarios no aplauden al final del combate porque no están seguros de haber comprendido quién lo ganó. Bueno, de todas formas fue emocionante, ¿no? Valió la pena, ¿no? No se puede negar que Otis sabe contar las cosas.

—¿Y qué más pasó, qué más?

3

Aquella noche, Otis la pasó en el poblado muvachat, en la casa donde vivía Eustockiyixcua, la mujer mayor que hablaba castellano. Allí le curaron la herida, le dieron de comer carne de marsopa, almejas desecadas, aceite de pescado y grasa de foca.

—¿Y la joven de ojos de nutria? —pregunta un presidiario que prefiere las historias de amor a la gastronomía exótica.

Allí mismo fue a visitar a Otis, muy solícita y sonriente, la hermosa Quatlacasiyinic. Allí, gracias a la traducción de la dueña de la casa, se enteró Otis de que su amor era imposible, porque Macuina jamás consentiría que una nativa se casara con un blanco que no estuviera dispuesto a quedarse con ellos el resto de sus días y porque ya estaba prometida a otro joven, robusto y hábil en la pesca del salmón.

—¿Y tú qué hiciste?

—¿Yo? —se sorprende Otis—. Nada.

—¿No la secuestraste?

—No.

—¿No la forzaste?

—¡Claro que no!

—¿Y para eso tantas complicaciones? —protesta el presidiario romántico—. ¿Para eso te habías jugado la vida? ¿Para que luego te dejara plantado una india?

Otis calla y considera cuidadosamente la cuestión. Esboza una sonrisa, invisible en la oscuridad, y al fin contesta:

—Me he jugado muchas veces la vida. Y cuando, después, me he preguntado por qué lo había hecho, el motivo inicial siempre me ha parecido absurdo. Ni patria, ni religión, ni amor, ni honor, ni fidelidad.

Pero lo cierto es que, después de jugármela, siempre me he sentido otro hombre. Un hombre mejor al anterior.

Guardan silencio los presos, acaso pensando en la cantidad de veces que ellos también se han jugado la vida.

En la casa de Eustockiyixcua se le notificó que, al día siguiente, podría mantener una entrevista con Macuina y otros *tahis*. Otis insistió en que quería conversar también con *Talocual*, pero nadie pareció interesado en atender esa petición.

En la penumbra de la gran casa de Macuina, además del jefe le esperaban otros tres hombres. Uno de ellos era Flugpananulg, el diplomático de la tribu, el primero que había visitado las corbetas de Malaspina, el que se había ofrecido para orientar a los oficiales expedicionarios que habían salido en canoa con la intención de hacer un reconocimiento de los contornos y se mantenía en contacto con ellos. Mostró a Otis unas cartas que los oficiales Novales, Espinosa y Cevallos le habían entregado aquella misma tarde y que al día siguiente debía hacer llegar a manos de Malaspina. Los otros dos eran hermanos, se llamaban Natzapi y Naniquius y esperaban enfervorecidos el momento de explicarles a los científicos blancos todo lo que quisieran saber acerca de sus costumbres. Estaban orgullosos de su organización social, de su religión, de sus tradiciones, de sus leyes, de sus hábitos de caza y pesca, y estaban deseando que el hombre blanco los admirase tanto como ellos admiraban el mítico e idílico mundo del hombre blanco.

Macuina era el único nativo de toda la tribu que usaba bigote, un mostacho abundante y alborotado que le confería autoridad. Vestía una sencilla manta, larga hasta los pies, sujeta por un cinturón de piel de nutria, como cualquiera de sus súbditos, pero en la cabeza, a modo de corona, llevaba una cinta de color granate, adornada con estrellitas de cristal o mica negra.

Ninguno de los cuatro hombres se había pintado el rostro ni el cuerpo.

Antes de iniciar la conversación, Macuina alardeó ampulosamente de ser jefe de unos cuatro mil hombres y, a continuación, hizo ostentación de sus tesoros. Mostró a Otis un armero donde tenía quince rifles, una colección de barras de cobre a las que daba mucho valor y un deslucido mortero de bronce que había en la puerta, que le había regalado el famoso James Cook. Por último, le presentó a su hermosa esposa, cuyo nombre no citó, pero dijo en cambio que era hija de Alapi y hermana de Natzapi, como si eso la hiciera especialmente venerable.

Cuando Otis les contó cuáles eran las pretensiones de Malaspina y de los científicos que le acompañaban y les aseguró que sus nombres serían escritos en libros que los hombres blancos estudiarían con sumo interés, en seguida consiguió la promesa de que treinta remeros, en representación del poblado, irían al encuentro de las corbetas de Malaspina y cantarían y ofrecerían una demostración de su habilidad con el remo. Llevarían nueve parejas de salmones y nueve parejas de patos, en señal de amistad, y bailarían para los blancos y permitirían que los inmortalizaran con pinturas en sus lienzos.

—¿Y usted, jefe Macuina? ¿Irá usted también?

Macuina era desconfiado. No le gustaban los blancos. No olvidaba la anécdota de las quemaduras de pólvora en el barco inglés. Respondió que se lo pensaría, que hablaría con Flugpananulg después de que éste se hubiera entrevistado personalmente con

Malaspina y, si el jefe blanco le parecía lo bastante educado, le concedería el honor de su visita. Otis le habló de los regalos que Malaspina tenía preparados y comprobó que a Macuina le brillaban los ojitos al saber que pensaban regalarle las velas para la canoa y los cristales para las ventanas.

—¿Y qué es lo que buscas tú? —le preguntó a Otis, levantando la barbilla y entrecerrando los ojos.

—Ayuda —respondió él sin amilanarse—. Creo que *Talocual* es uno de sus mejores guerreros y me gustaría que me ayudara contra mis enemigos.

—¿Quién, quién? —preguntaba Macuina, sorprendido porque no recordaba tener ningún vasallo que se llamara *Talocual*.

—Sat-sat-sok-sis —le respondieron.

Le explicaron que era el visitante de la tribu de los klayocuats, hijo del *tahis* de allí, al que todos llamaban Klayocuat.

Otis decidió continuar llamándolo *Talocual*. A esas alturas, renunciaba definitivamente a aprenderse ningún otro de aquellos nombres enrevesados.

10

El viejo conquistador

1

El carcelero es el único ser humano que ve Otis desde que ingresó en este infierno. Su rostro es fiero y deforme, nariz y orejas como abolladas a golpes, ojos cargados de locura y malevolencia, boca desdentada con rictus amargo. Se afeita muy de tarde en tarde y los pelillos que pueblan su mandíbula cuadrada son metálicos. Es un gigante. Sus manos son descomunales y están tan rotas como la cara. Es un ser de pesadilla, un ogro de leyenda.

Y Otis lo maltrata.

Ni siquiera se digna responderle cuando, en ausencia de los otros presidiarios, el carcelero le pide nuevos detalles del relato, en privado.

—Cuéntame qué cosas hacíais con la negra aquella de Acapulco... Cuéntame lo que hiciste con Anabel de Mondragón, que guardó tan buen recuerdo de ti.

Otis le manifiesta con altivez y sin empacho su desprecio.

Y el caso es que Otis siente un profundo cariño por él. Aunque no quisiera, se siente vinculado afectivamente a esta única persona que existe en su vida. Es la persona que le trae la comida, cada día, siempre con algún añadido inesperado. Un poco de tocino, unas berzas, unos garbanzos de propina. Otis le trata mal porque cree que a los carceleros siempre hay que tratarlos mal, con desprecio y rencor, pero le quiere y le duelen un poco sus propios desplantes.

El carcelero, a veces, se queja del trato que Otis le da. Le dice que debería considerarlo como a los otros reos, porque él es tan prisionero como los prisioneros, condenado a prisión perpetua para ganarse el pan.

—La vida, fuera de aquí, no es mucho mejor —se lamenta, llenando con zozobra el vacío que Otis deja después de cada pregunta—. Estamos en tierra de moros. No es prudente salir de la fortaleza a las horas en que me permitirían salir de ella. Y tengo mujer, sí, y vivo con ella no lejos de esta celda. Pero, ¿quieres que te diga una cosa, Otis? Mi único placer, el único aliciente de mi vida, son esas horas del atardecer en que cuentas la historia de Malaspina.

Otis no hace comentario alguno a sus confidencias. Si ve que el carcelero no piensa abandonar la celda inmediatamente, después de dejar la escudilla en el suelo, se pone a comer haciendo ruido de cerdo, para darle a entender que no le gusta su presencia allí. Afortunadamente, el carcelero no le hace caso y se queda tanto rato como le apetece. Con su voz cascada de tono perezoso insiste en darle conversación.

—¿Cuántas veces has contado la misma historia, Otis?

Una conversación frustrada, preguntas que quedan flotando en el aire y se pierden en la oscuridad.

—¿Y siempre la has contado igual?

No hay respuesta para nada de lo que le diga. Otis puede escucharle, tal vez, y seguramente agradece de todo corazón aquella presencia compasiva tan cerca de él, pero nunca tratará con deferencia a su carcelero.

Piensa que aquel gigante viejo y derrotado es peor que un asesino: es el que mantiene encerrados a los asesinos.

Casi es tan malo como el que los encierra.

2

Sat-sat-sok-sis, al que Otis continuaba llamando *Talocual*, accedió a acompañarle hasta territorio chaynuk. Había simpatizado con él a consecuencia de su comportamiento y su destreza en el combate, y quería que le enseñase a pelear. También quería echar una ojeada al poblado de los chaynuk, en la desembocadura del que hoy se llama río Columbia, porque las relaciones entre ambos pueblos no eran demasiado cordiales y podía ser que algún día tuvieran que enfrentarse.

Era hijo del *tahis* de los klayocuats, y muy ambicioso. Quería ser el mejor cacique de todas las tribus de la zona y creía, como Otis, que el conocimiento da poder. Poseía una curiosidad insaciable y no paró de hacer preguntas, desde que salieron del poblado de los muvachats hasta que llegaron a su destino.

Partieron en piragua, remando los dos vigorosamente y bordeando los intrincados canales del actualmente llamado Puget Sound, que entonces era uno de los paisajes más hermosos del mundo. Con frecuencia, *Talocual* tenía que repetir sus preguntas dos o tres veces antes de que Otis se diera por aludido, sobrecogido como estaba por la majestuosidad de las montañas y de los bosques, boquiabierto ante la altura increíble de los secuoyas y distraído por el ir y venir de tantas especies animales. Era la geografía del país de los gigantes, tan inmensa que encogía el alma y provocaba en Otis algo parecido a la veneración. Tenía que echar atrás la cabeza para admirar la altura de los acantilados que orillaban, o de los árboles rascacielos, o de los bosques infinitos que trepaban laderas arriba. Y echaba atrás la cabeza con tanta frecuencia y se le cayó tantas veces el sombrero, que, en una de ellas, arrebatado por una ráfaga de viento, terminó por perderlo. Se emocionaba con las nutrias que flotaban boca arriba, sobre el agua cristalina donde se reflejaba el mundo al revés, observando el paso de la piragua con aquella ingenua sorpresa que tanto le recordaba a la preciosa Quatlacasiyinic. Le maravillaba que aquellos animales cascasen crustáceos ayudándose de una piedra. Nunca hasta entonces había visto un bicho que utilizara una herramienta para procurarse comida. Le horripiló ver pasar una manada de orcas, de diez metros de longitud cada una, tan juguetonas como devastadoras, a un tiro de piedra de su frágil embarcación.

—No tengas miedo —le dijo *Talocual* entre pregunta y pregunta.

Aproximadamente a la altura de donde hoy se encuentra Seattle, ciudad que no sería fundada hasta cien años después, tuvieron que abrirse paso a machetazos cuando embarrancaron en una alfombra de algas gigantescas como sargazos.

Y entretanto *Talocual* no cesaba de hacer preguntas. ¿Cómo se fabrica la pólvora? ¿Cómo se construye una corbeta? ¿Y una brújula? ¿Cómo es la cabaña donde vive el rey de España? ¿Cómo caza el rey de

España? ¿Sabe remar el rey de España? Y, por las noches, despiadado, junto a la fogata, exigía a un exhausto Otis que le enseñara a pelear. ¿Cómo se para un golpe como éste? ¿Cómo te defenderías si yo te agarrase así? Era agotador.

Y más agotador todavía cuando, al cuarto día, llegaron a la costa y se internaron en el bosque para hacer el resto del viaje, cinco días más, a pie.

Talocual avanzaba con carrera grácil de cervatillo, como si su cuerpo no pesara, flotando por encima de piedras y raíces donde tan fácil le resultaba al otro tropezar. Ni siquiera salpicaba cuando cruzaban un riachuelo. Constantemente, tenía que detenerse para esperar a Otis, que le seguía a duras penas, cargado con un fusil, dos pistolas y una bolsa llena de víveres para él y quincalla para los nativos.

Corrieron por bosques que parecían interminables, bordearon escarpadas y suntuosas montañas de picos muy afilados y líneas quebradas, y cruzaron turbulentos ríos donde brincaba el salmón, y vieron osos pardos en las laderas rocosas y osos negros subidos a los árboles, y escucharon el rugido del puma y, de noche, el aullido de los lobos.

Talocual repetía: «No tengas miedo». Y Otis procuraba hacerle caso.

Cuando sólo faltaba una jornada para llegar a territorio chaynuk, a *Talocual* se le acabaron las preguntas. Quizá fue porque Otis, jadeante y exhausto, desistió al fin de responderlas o quizá porque la proximidad del enemigo volvía taciturno al nativo.

—¿Sois enemigos? —le preguntó Otis mientras cocinaban un castor, aquella noche. Ése era un detalle que *Talocual* no le había mencionado—. ¿Estáis en guerra?

—A veces —respondió el nativo.

—¿Y, si sois guerreros, cómo se entiende que sepáis pelear tan poco? ¿Cómo hacéis vuestras guerras?

—De noche. Atacamos de noche y cortamos el cuello mientras duermen.

A Otis le sobresaltó la respuesta, y al nativo le sobresaltó su sobresalto.

—¿Pero cómo podéis matar a gente dormida?

—Es más fácil matar a gente dormida que a gente despierta.

—¡Pero es innoble! —exclamaba Otis, escandalizado—. Es innoble matar a quien no puede defenderse.

—¿Innoble?

Talocual no comprendía los aspavientos.

—Malo —le aclaraba Otis—. Es malo.

—Malo es matar —dijo entonces *Talocual*, con solemne seguridad—. Matar es malo. No es más malo matar despiertos o dormidos. Siempre es malo matar.

—Si están despiertos, al menos pueden defenderse. Les das la oportunidad de que te maten a ti.

—Entonces, es estúpido.

Los presidiarios del fondo del pasillo se ríen, regocijados por la lógica del salvaje.

Otis se desesperaba.

—Tú me diste la oportunidad de defenderme —protestaba—. Me desafiaste, me diste el *tomajok*. Me diste la oportunidad de matarte, cuando peleamos. ¿Por qué no te limitaste a dispararme una flecha de lejos o a romperme la cabeza cuando yo estaba de espaldas?

—Es verdad —se quedó reflexionando el nativo, como preguntándose por qué no se había comportado de aquella otra forma, mucho más natural y segura—. Quise hacerlo como lo hacéis los blancos. Porque los blancos sois guerreros y yo quiero ser guerrero. Los blancos estáis acostumbrados a mataros. Estáis tan acostumbrados a mataros que hasta tenéis reglamentos para la guerra. Y eso me lo enseñaste tú cuando peleamos. Esos reglamentos os hacen fuertes, aunque parezca que no. Y yo quiero ser fuerte. Quiero ser guerrero.

Otis guardó silencio y ponderó las palabras de aquel hombre pintarrajeado.

—De todas formas —concluyó—, para luchar contra los chaynuk, no hace falta que sepas más de lo que sabes. Si a ellos no les parece mal que los degolléis mientras duermen y no ponen centinelas, allá ellos.

El hombre pintarrajeado le miraba fijamente. El reflejo de las llamas de la fogata hacía móviles y siniestras las sombras de su rostro. Daba miedo cuando dijo:

—No estoy pensando sólo en luchar contra los chaynuk. Un día llegará en que tendremos que luchar contra los blancos.

Otis tuvo un escalofrío y, fuera casualidad o no, momentos después le preguntaba a su acompañante cuál era la ruta que le aconsejaba para viajar hacia el sur, en busca de hombres blancos. *Talocual* hizo un tosco dibujo en la arena para indicarle dónde encontraría un vado que le permitiría cruzar el gran río al que hoy llaman Columbia. Luego, le aconsejó que regresara hacia la costa y, bordeando el mar, hacia el sur, le aseguró que terminaría por encontrar una misión o un destacamento militar.

—¿A qué distancia? —preguntó Otis.

Eso el nativo no lo sabía. No había bajado nunca más allá del río Columbia.

3

En ninguna de las versiones de las aventuras de Otis queda claro cuáles eran sus propósitos al emprender aquel viaje con *Talocual*.

Se comprende que abandonara el campamento muvachat si ya no podía aspirar a la mano de Quatlacasiyinic, que ya estaba comprometida, pero eso no explica por qué no regresó a la seguridad de la *Descubierta*.

No parece probable que se alejara de Malaspina sólo para evitarle problemas. Y la descripción que hacía de su excursión hasta territorio chaynuk no era precisamente la del vagabundo que disfruta con cada nuevo paisaje y cada nueva experiencia. Iba corriendo todo el día con la lengua fuera, cargado como un mulo, acosado por animales peligrosos y, además, *Talocual* era un pesado.

Tampoco quedaba claro qué estaba haciendo Mondragón tanto tiempo instalado en territorio chaynuk, ni por qué había desembarcado los seis caballos.

A veces, Otis se entretenía en hacer suposiciones al respecto. Rodrigo de Mondragón sabía que las corbetas estaban ancladas en Nutka y no se atrevía a ir a su encuentro en aquel lugar donde había un fuerte y una compañía de soldados. Simplemente, estaba esperando un poco más al sur, en un enclave por donde la Expedición Malaspina tenía que pasar necesariamente. Cabía suponer también que Mondragón estaba dudando, arrepintiéndose quizá del arrebato que le había impulsado a empeñar su palabra en una aventura estrambótica. Ya tenía a Malaspina al alcance. ¿Y ahora qué? ¿Qué pensaba hacer? ¿Abordarlo? ¿Cañonearlo desde el bergantín de Estrongo? En lo referente a los caballos, Otis suponía que había decidido regalarlos a los chaynuk, como pago a su hospitalidad.

Pero lo cierto es que ninguno de sus oyentes se preocupaba por esas minucias. Lo importante era que Otis estaba corriendo al encuentro de su enemigo, precipitando el tan esperado enfrentamiento, y, fueran cuales fueren los motivos de semejante acción, su público estaba demasiado emocionado como para pedir explicaciones o comentarios adicionales.

—Fuiste al encuentro de Mondragón —le gritan sus oyentes, excitados y ansiosos—. ¿Y qué pasó?

Era de noche. Había luna llena y la mar estaba en calma.

Otis trepó por la cadena del ancla. Avanzó pegado al costado del navío, afianzándose en las molduras del casco, hasta llegar a un ventanuco de popa. Había luz en él. Al atisbar en su interior, distinguió a la hermosa y misteriosa Anabel, vestida con pantalones, botas y camisa de hombre. En ese momento, se abría la puerta y aparecía en ella Estrongo.

El pirata se mostró tan sorprendido de ver a Anabel como Otis lo estaba de ver a los dos en semejantes circunstancias. A Otis le parecía revivir la noche en que conoció a la heredera de Mondragón.

Decía Estrongo:

—Perdonad... —Avergonzado, confuso, intruso—. Me han dicho que bajase aquí...

—¡Chhhst! —hizo ella, adelantándose con pasitos cortos y rápidos. Su mano salió al encuentro de la boca del recién llegado, acaso para silenciarlo, acaso buscando un beso—. ¡Callad, por Dios! ¡Que no nos oiga mi padre!

Y el corsario se apoderaba de aquella mano apetitosa y apetecida y la retenía contra sus labios, clavando su mirada poderosa en los ojos profundos de la mujer.

Prudentemente, Otis pasó de largo. Y continuó su penoso progreso, avanzando centímetro a centímetro por las cornisas y salientes que le ofrecía el casco del bergantín, hasta la siguiente ventana iluminada. Aquélla donde se encontraba Rodrigo de Mondragón, solo y meditabundo.

El público del fondo del pasillo oscuro rebulle inquieto. Ya estamos. Por fin se encuentran los dos rivales. Contienen el aliento, exigen silencio con chistidos imperiosos.

—¡Eh, don Rodrigo! —gritó Otis. Y el hombre grotesco, obeso y multicolor se volvió hacia él, al tiempo que daba un brinco—. ¡Estoy aquí, don Rodrigo, sé que me buscáis a mí! —Mondragón ya abría la boca para pedir ayuda, para llamar a sus esbirros, ya palpaba el aire, a su alrededor, buscando el acero toledano—. ¡Quiero deciros que no molestéis a Malaspina, ya no estoy con él! ¡Ahora, si queréis atraparme, tendréis que hacerlo a caballo!

En ese momento, brotó el grito de Mondragón. Se mezcló con la carcajada afrentosa que le escupió a la cara el aventurero antes de lanzarse de cabeza al agua.

La bravata hace estallar la carcajada del auditorio. A partir de este momento, jadearán y jalearán al narrador, tan excitados como si asistieran a una carrera de caballos y cada uno se reprimiera de gritar el nombre de su favorito.

Lo que siguió a continuación fue un puro caos. Esbirros y corsarios atropellándose por los pasillos del barco, en socorro del castellano viejo. El corsario

Estrongo y Anabel comparecían azorados, ruborosos, interrumpidos en mitad de un beso. Mondragón señalaba por la ventana hacia el mar, donde nadaba enérgicamente Otis, fugitivo hacia la costa.

—¡Ahí está! ¡Se escapa! ¡Ha venido a desafiarme, ha venido a ultrajarme de nuevo!

No tenían ningún fusil, ni pistola, a mano. Pero daba igual porque ninguno era gran tirador.

—¡Corred, corred, atrapadlo!

Corriendo, corriendo, atropellándose escaleras arriba, en dirección a cubierta, gritando, enfebrecidos todos.

—¡Ha dicho que tendríamos que perseguirle a caballo!

—¡Los caballos están en poder de los indios!

—¡Arriad los botes!

En la orilla, los caballos se encontraban alborotados, sueltos. Galopaban enloquecidos de aquí para allá y no había nativo que pudiera detenerlos. Alguien los había soltado, alguien los había espantado. Sólo uno había quedado sujeto de la brida y había sido conducido, contra su voluntad, a un punto determinado del bosque. *Talocual* era quien lo sujetaba. Otis surgió del agua, tambaleándose, abrumado por un esfuerzo excesivo.

—¡Muy bien, *Talocual*! —gritó.

Talocual sonrió. Quizá fuera la primera vez que Otis lo veía sonreír, desde que se conocían.

El caballo caracoleó, nervioso, a punto de salir al galope. Otis lo montó y lo domeñó de inmediato con un tirón de bridas. A la grupa llevaba ya las armas, la bolsa con víveres y quincalla.

—Gracias, *Talocual* —dijo, a modo de despedida.

Y nunca un adiós fue tan definitivo, pues los dos hombres sabían que no se volverían a hablar jamás.

Y las dos palabras sonaron tan trascendentales como la más solemne de las sentencias.

Otis espoleó la montura, salió a toda velocidad, se perdió entre los árboles y las sombras de la noche.

En el mar, una gran chalupa se acercaba a la orilla impulsada por el vaivén rítmico de sus remos y por los gritos histéricos de Mondragón. Sus dos esbirros predilectos eran quienes remaban. Estrongo y Anabel viajaban a popa.

—¡Los caballos, necesitamos los caballos! —les reclamaron a los chaynuk.

Los caballos estaban dispersos. Iba a ser un trabajo ímprobo reunirlos de nuevo.

Y, además, no todos los hombres de la tribu estaban disponibles. Muchos de ellos habían salido en persecución de la figura fantasmal que había cortado bridas, que había derribado palenques, que había liberado y espantado a las caballerías. Unos cuantos de aquellos nativos, correteando por el bosque, localizaron a su presa.

Talocual experimentó un sobresalto, miró a derecha e izquierda, no tenía salida. Por todas partes afluían nativos en actitud hostil. Todos parecían sorprenderse. «¡Un klayocuat! ¿Qué hace un maldito klayocuat tan lejos de su casa?»

Talocual levantó las manos. Se rendía. Aseguró que era amigo, que había venido en son de paz. Se expuso a que alguien le destrozara la cabeza de un hachazo, o a que le clavaran un machete en el vientre, o a que lo torturasen hasta que les dijera lo que querían saber.

Lo llevaron en presencia de dos hombres blancos de aspecto grotesco, de ropas multicolores y adornos excesivos. Había también una mujer de aspecto feroz y dos guerreros blancos de los que actúan por cuenta ajena, de los que actúan pero no sienten, los más peligrosos. Ellos serían los encargados de torturarlo, llegado el caso.

—¡Yo sé por dónde huirá vuestro enemigo! —dijo de inmediato—. ¡Yo os llevaré hasta él!

4

Éste era el plan: si atrapaban a *Talocual*, él se había comprometido a llevar a los perseguidores en dirección contraria, hacia el norte, como si Otis tuviera la intención de regresar a la seguridad de Nutka.

Y, no obstante, los dos esbirros, Mondragón, Estrongo y *Talocual* (cinco hombres enfurecidos) y Anabel, una dama ofendida, al galope tendido por las limpias, hermosas tierras de lo que hoy es el estado de Washington, al amanecer iban bordeando el río Columbia en dirección al mismo vado que estaba buscando Otis.

Otis les llevaba muchas horas de ventaja, pero no conocía el terreno. Avanzaba a tientas, como ciego, y pasó de largo ante el vado. Perdió un tiempo precioso tratando de cruzar el río unos kilómetros más arriba. El agua tenía allí demasiada fuerza, más de la que Otis había imaginado. Estuvo a punto de verse arrastrado por la corriente, el caballo protestaba con relinchos agónicos, el jinete tuvo que saltar al agua, afianzarse contra unas rocas y tirar de las bridas con todas sus fuerzas. Casi tuvo que arrancar al animal a pulso de la trampa en que lo había metido. Y, luego, calmarlo. Y luego, montarlo y rehacer el camino, hacia atrás, buscando el paso que antes no había sabido ver.

Al galope.

Llegó al mediodía.

«Éste debe de ser el vado.» Ahora sí. ¿Cómo no había reparado antes en él? Pero la prudencia entorpecía su premura. El caballo estaba asustado y se negaba a meterse otra vez en el río. Era uno de esos animales que no tropiezan dos veces en la misma piedra. «Vamos, tranquilo, caballito, esta vez no hay peligro...» ¿No había peligro? «Te lo juro, caballito, hazme caso.»

El caballo relinchaba, cabeceaba, se negaba.

El jinete tuvo que imponer su voluntad.

Cuando alcanzaban al fin la otra orilla, los perseguidores ya aparecían entre los árboles. «¡Ahí está!» Cinco hombres furiosos y una dama ofendida. Seis caballos briosos al galope. Entre perseguidores y fugitivo no se interponía ya ningún Malaspina, ninguna bandera, ninguna ordenanza. ¿Por qué te has expuesto de esta forma, Otis? (No había respuesta.) Si tenían alguna duda respecto a la existencia del vado, Otis les había facilitado notablemente las cosas. Sólo debían lanzarse a cruzar por donde había cruzado él.

Dios mío. Tenía la intención de descansar al llegar al otro lado, pero eso ya era imposible. La jauría estaba ahí, mordiéndole los talones. Y Anabel iba con ellos. Y *Talocual* los guiaba, maldito *Talocual*, ¿qué estaba haciendo? Sólo *Talocual* sabía exactamente cuál era el camino que quería seguir Otis. Le había dicho: «Si me atrapan, los conduciré en dirección equivocada». ¿En dirección equivocada? ¿Qué significaba aquello? ¡Ahí estaban, traidor! «¡Los has dirigido contra mí, traidor!»

Caballo y jinete estaban agotados. El jinete espoleó desesperado y su montura obedeció a regañadientes. No había forma de ganar carrera tan desigual.

De momento, Otis pudo perderse entre los árboles. Avanzaba a toda velocidad, esquivando a cabezazos las ramas bajas que pretendían derribarle. Pensó en aquella otra ocasión en que había perdido el control de su caballo. Galope endiablado hacia una muerte cierta. Ahora iba tan de prisa, tan despavorido, que fácilmente podría perder el control de nuevo. Quizá ese pensamiento le hizo tirar del freno. O quizá era que los otros corrían mucho más que él, cada vez más. El caso es que las presencias ominosas se materializaron a su espalda, los gritos de Mondragón en seguida fueron como zarpas heladas que ya se ceñían a su pescuezo. «¡Ahí está, ya es nuestro, ya es nuestro, ya es nuestro!» Se acabó el bosque y se abrió ante él, como un abismo, una brusca pendiente rocosa. Hierba, matorrales, alguna que otra peña. Cualquier caballo podría haber bajado por allí sin excesivo esfuerzo. Pero el caballo de Otis ya estaba cansado de obedecer. Se asustó al ver la pendiente, saltó atrás, corcoveó, escarceó y, cuando vio inevitable la caída, se empinó en señal de protesta. Otis consideró que había sido una estupidez espolearlo con tanta saña. Saltó a tiempo. El caballo pisó en falso y rodó por la pendiente desparramando en derredor pistolas y fusil y el contenido de la bolsa. Otis se dio el batacazo y rodó también pasando sobre matojos y golpeándose con piedras. Detuvo su caída con ambas manos, dio una última voltereta y se deslizó unos metros más, arrastrando consigo un alud de grava.

Cuando dejó de resbalar, levantó la vista y descubrió, en lo alto del talud a los seis jinetes perseguidores. Se habían detenido para recobrar el aliento, porque ya no tenían que apresurarse, ya lo tenían a su merced. Eran seis. Cinco hombres y una dama.

Se puso en pie. Él fue el primero en echar mano a su arma. Cruzó brazo derecho por delante del cuerpo y agarró la empuñadura del machete que asomaba por encima de su hombro. Lo desenvainó.

Mondragón, entonces, pareció volverse loco. Empuñó su larga espada toledana, la enarboló, gritó desaforadamente: «¡¡Ahí está, que no escape!!», y se lanzó al galope en dirección a Otis espoleando a su caballo como si quisiera partirlo en dos.

Fue el único de los seis jinetes que se movió.

El caballo bajaba por la pronunciada pendiente demasiado de prisa para que nadie pudiera controlar su carrera, su trayectoria y cuándo y dónde debía parar. Otis esperó la embestida a pie firme hasta que se dio cuenta de que el mandoble de Mondragón pasaba muy lejos. Desesperado, el conquistador tiró de las riendas, y su caballo, como el de Otis, al tratar de parar, también cayó estrepitosamente, despidiendo en todas direcciones grumos de hierba y piedrecillas. Mondragón perdió la espada y rodó unos metros más abajo.

Se levantó, polvoriento, sudoroso, jadeante e inerme. Otis lo esperaba con el machete en la mano y expresión de estar resuelto a todo. La vieja espada toledana había quedado a mitad de camino, entre los dos.

Entonces, el viejo y obeso vengador se dio cuenta de que era el único que había espoleado al caballo. Lo sacudió un estremecimiento al sentirse traicionado.

—¡Vamos! —gritó—. ¿Qué estáis esperando? ¡A por él!

Otis también levantó la vista para comprobar qué estaban haciendo los cinco jinetes en lo alto del terraplén. Él tampoco entendía nada.

Fue Anabel quien, muy firme y quieta, serena, dura y fría como el mármol, soltó con energía las dos palabras increíbles.

—¡No, padre!

Mondragón se negó a creer lo que oía. Tembloroso, cada vez más envejecido, gritó de nuevo, increpando a sus dos esbirros:

—¡Jacinto! ¡Pelayo! ¡Vamos, a por él!

Pero Jacinto y Pelayo tampoco se movieron.

Recordó Otis que la noche anterior había visto al capitán de aquellos piratas entrar en la habitación de Anabel. Imaginó que ella lo había convencido para traicionar a su padre. No habría sido difícil convencer, con dineros, a los dos sicarios. Y *Talocual* se había ofrecido a guiarlos hasta el vado porque le habían convencido de que, en realidad, Otis no corría peligro. ¿Era eso lo que estaba sucediendo?

—¡Si he venido con vos —gritó la hija ofendida—, ha sido precisamente para impedir que enviarais a otros a lavar vuestro honor! —Ofendida por tantos años de encierro—. ¡Porque es de vuestro honor de lo que se trata, y no del mío! ¡Mi honor, para vos, ya no cuenta! ¡Me despreciáis desde que me consideráis deshonrada! —El padre carcelero balbuceaba torpes «¡Pero, pero, pero!»—. ¡En realidad, me habéis despreciado siempre por ser mujer! ¡Por no ser el varón que había de perpetuar vuestro maldito apellido! ¡Me culpáis de haber matado a mi madre, durante el parto! ¡Me culpáis de vuestra pobreza, que os impide comprar otra mujer española, y me culpáis de vuestra miseria, que os impide amar a una mujer de sangre mezclada! ¡Pero antes, por lo menos, me tratabais con deferencia, como se trata a las damas! Desde que, además de vil mujer, imagen de vuestro fracaso, me consideráis deshonrada, vuestro desprecio ya es absoluto, insoportable, tanto para vos como para mí. ¿Y sabéis en qué noté vuestro desprecio? ¡En que no os opusisteis lo más mínimo, ni por un momento, a que yo os acompañara en esta expedición! ¡Diecisiete años ocultándome al mundo para proteger mi virtud y, después de saber que había pertenecido a un hombre, no dudasteis en embarcarme con una banda de piratas! ¡Si para vos sólo cuenta vuestro honor, laváoslo vos solo!

Con un brusco y ofensivo manotazo, Mondragón despreció lo que estaba oyendo. Dio unos pasos hacia la espada y se dirigió de nuevo a sus hombres, que no parecían dispuestos a moverse de lo alto del cerro.

—¡¡Estrongo!! —Ésa fue la primera vez que Otis oyó el curioso nombre del pirata—. ¿Qué demonios significa esto? ¡¡Estrongo, exijo una respuesta!! ¿¿Qué significan todas estas tonterías??

—No son tonterías, señor de Mondragón —replicó Estrongo, muy tranquilo, desde lo alto del caballo y del cerro—. Yo comprendo a vuestra hija. Ella me paga mejor que vos.

—¡Yo os pagaré el doble! —aulló Mondragón, enfermo de rabia.

Estrongo se demoró unos instantes en contestar.

—Vos jamás podríais pagarme como ella me paga.

Otis soltó una franca risotada.

Anabel dijo:

—Adiós, padre.

Y los cinco jinetes de lo alto del terraplén hicieron dar media vuelta a sus caballos, volviendo la espalda despectivamente al ofensor y al ofendido, y desaparecieron camino del bosque.

Aquel desplante, y las palabras del corsario, ofendieron sobremanera al castellano viejo, mucho más que el discurso de una hija a la que nunca había tenido en cuenta, a la que siempre odió por no ser hombre. Se le alteró el semblante, palideció, temblaba. Dio dos pasos más y agarró la empuñadura de la espada. De haber querido, Otis le habría podido descargar un machetazo mortal. Pero sentía compasión por el anciano. Le gustaba sentir compasión por él, porque sabía que ese sentimiento, aunque tácito, era otra ofensa, terrible, para el pobre hombre.

Y no era la última humillación que el viejo conquistador iba a recibir.

—¡¡¡Maldito diablo, que trajiste la desgracia a mi estirpe!!! —gritó, descargando en dirección al aventurero su antigua espada toledana.

El tajo zumbó en el aire, como un moscardón, y se perdió, inofensivo, cuando Otis zafó ágilmente su cuerpo. Siguió a ese primer tajo un segundo, más furioso todavía, y un tercero, que, al no atinar su objetivo, dio con el castellano viejo en tierra. Jadeante y enfermo. Penoso defensor de honores trasnochados. Le temblaba el resuello, echaba espuma por la boca, centelleaban de fiebre sus ojos. Agarró la espada con ambas manos e inició una furibunda tanda de mandobles en la que gastó el resto de sus energías. Gritaba al descargar cada golpe, su respiración se hizo jadeo y su jadeo estertor; estaba lívido, como al borde de un ataque fulminante. Y Otis, convertido en vengador de la bella Anabel, esquivaba limpiamente haciéndose a un lado, saltando con agilidad circense. Se guareció al fin tras un árbol providencial que le permitía burlarse y jugar al escondite.

—¿Yo, señor? —respondía risueño a los insultos—. ¡Pero si yo no soy nadie!

—¡¡Te mataré!!

Se lanzaba a fondo Mondragón tratando de ensartarlo por un lado, y Otis desaparecía y asomaba por el otro.

—¿Y no sería mejor que regresarais con vuestra hija, señor? —le sugirió.

—¡Callaos! ¡Luchad si sois hombre!

Cuando disparó una nueva estocada por la izquierda, Otis descargó su machete y le aprisionó la espada contra el árbol. Don Rodrigo dio un tirón, pero no pudo liberar su arma.

—Estáis muy lejos de vuestra casa, señor... —dijo Otis, casi compasivo—. Si el barco de ese Estrongo zarpa sin vos... ¡tardaríais años en regresar! —Se aflojó la mandíbula del energúmeno. De sus ojos se esfumó el fulgor feroz para dar paso a una expresión perruna. Otis temió que se echara a llorar—. ¿Por qué no probáis a pedirle perdón a vuestra hija? —Mondragón abrió la boca para exclamar: «¡Jamás!», pero volvió a cerrarla mansamente, vencido—. Yo no sé cómo tratarán los nativos de este país a un conquistador viejo y gordo como vos. No sé si son antropófagos...

Por fin, se liberó el miedo que el hombre tenía encerrado en su cuerpo. Resopló y, soltando la espada, abandonándola entre el árbol y el machete, gimoteó: «¡Maldito demonio!», y echó a correr hacia lo alto del cerro, gordo, viejo y desesperado.

—¡¡Esperadme!! —gritaba—. ¡¡Esperadme!!

Los presidiarios invisibles del fondo del pasillo oscuro celebran con gruesas risotadas y crueles comentarios la espantada del noble anciano, cuesta arriba.

Otis lo vio marchar, recostado en el árbol, con postura indolente.

Aunque tardó medio día en recobrar los dos caballos y pernoctó al pie del terraplén por donde habían rodado, al amanecer Otis todavía llegó a tiempo de encontrar al viejo Mondragón, errabundo e iracundo, buscando el vado del río, arrastrando los pies y hablando solo. Otis contaba con ello y por eso se había empeñado en llevar consigo las dos cabalgaduras. Le ofreció que montara en una de ellas, y el pobre hombre no supo negarse. Le ofreció tasajo, y el anciano, aunque huraño y rebelde, comió con fruición.

En la pequeña bahía donde se encontraba el poblado chaynuk, frente a la desembocadura del río Columbia, les estaba esperando el bergantín.

O, al menos, allí estaba el bergantín, retardando su partida.

En cuanto los vieron, botaron una chalupa y fueron a su encuentro. Después de muchas dudas, de mucho ir y venir y contener el llanto y maldecir, descargando patadas en el suelo y retorciéndose las manos, al fin Mondragón se negó a subir al barco. Dijo que pediría a los nativos que lo llevaran hasta Nutka. Se alojaría en el fuerte español de allí, con los voluntarios catalanes, hasta que algún barco pudiera devolverle a su casa. No quería volver a ver a su hija ni a sus lacayos, ni mucho menos verse obligado a pedirle perdón.

Y el único que insistió, inútilmente, para que se reconciliara con Anabel fue Otis.

—Vamos hombre, déle un beso a su hija.

—Que no.

—Vamos. Pelillos a la mar, que el tiempo todo lo cura —le hablaba como si Mondragón hubiera sido objeto de un bromazo y ahora demostrara no tener sentido del humor.

—Que no.

Anabel y Estrongo recibieron a Otis a bordo como un matrimonio bien avenido que acoge a un huésped en su mansión, dueños y señores de la bergantina llamada *Cecily*. Estrongo le dijo que tenía muchas ganas de conocerlo, que Anabel le había hablado mucho de él. Anabel le dijo que le estaba muy agradecida, porque, gracias a él, había podido salir a la luz y librarse de la tiranía de su padre.

Viajó con ellos hasta Acapulco y, una vez allí, se despidieron para siempre.

11

El último desengaño

1

Seis años después, Otis reapareció en Madrid. Nunca cuenta de dónde venía, ni qué estaba haciendo allí, ni adónde se dirigía. No dice si había hecho fortuna, si vestía ruanes y terciopelos, camisa de lino de Silesia, medias y zapatos con hebilla de plata. No se sabe si frecuentaba fondas de a quince reales una comida, o bien hosterías modestas.

Se sabe, sí, que se sorprendió al llegar a aquel Madrid totalmente renovado, de admirables paseos y calles limpias e iluminadas, Madrid de petimetres y currutacos, donde los hombres empezaban a vestir ya con pantalones y las señoras con vestidos a la romana, sin polisón. Y cabe suponer que no se mostraría sucio y astroso, como en Acapulco, ni luciendo el arete que lo acreditaba rey de los siete mares, porque fue en una taberna próxima a la Plaza Mayor, en plena juerga de guitarras y seguidillas, donde encontró a un oficial de la Marina, llamado Juanes, con el que había coincidido en el *Santa Clara* cuando era un simple cadete. Inevitablemente, salió a colación el tema de Malaspina y de la acogida que tuvo el regreso de su expedición.

Otis sabía que el admirado e ilustrado oficial había regresado triunfal a España. Había oído hablar de su éxito desbordante, pero poco más. Cuando preguntó por Malaspina, se dispuso a deleitarse con buenas nuevas.

Después de cinco años de navegación y exploración, el 21 de septiembre de 1794, las corbetas *Descubierta* y *Atrevida* habían sido recibidas, en el puerto de Cádiz, por una muchedumbre que, entusiasmada, enardecida por la banda de música, agitaba banderas, banderolas, banderines y banderillas. Las autoridades se daban codazos por estrechar la mano del Cook español y le notificaron que se hablaba de promoverlo al grado de brigadier. Se contaba que él, siempre tan modesto, se había negado a tal honor. Sólo pedía que le indultaran el déficit económico que pudiera resultar con los gastos de la expedición y que le restituyeran los 26.000 reales que había puesto de su bolsillo para la erección del monumento que honraba la memoria del coronel don Antonio de Pineda, director de las Ciencias Naturales de la expedición, muerto en las Filipinas. Malaspina nunca dejó de ser un ingenuo y un idealista. Le concedieron lo que pedía y lo que no pedía: le indultaron el déficit, le devolvieron el dinero del monolito funerario y, en marzo de 1795, lo ascendieron a brigadier.

Otis se imagina a Malaspina, con su mejor uniforme y todas las medallas ganadas, paseado por las calles de Cádiz en calesa descubierta, saludando, sonriente y halagado, a la multitud que le aclamaba y, por alguna razón extraña, se permite la vanidad de atribuirse alguno de los méritos de semejante éxito. Recuerda sus conversaciones con el prócer como, probablemente, las más importantes que había sostenido en su vida. Nunca más había vuelto a estar tan cerca de alguien destinado a ser famoso y nunca más nadie de la talla de Malaspina había escuchado con tanta atención sus opiniones. Su realidad no era la realidad histórica y trascendental que inmortalizan los libros, sino las aventuras banales, los lances inofensivos y los amoríos fugaces que se olvidan, se mienten y nadie cree. Mientras Otis zascandileaba por esos mundos, haciendo cualquier cosa, no importa qué, Malaspina entraba pisando fuerte en la corte y en la historia de España. Los pintores, los naturalistas y los oficiales que habían estado a sus órdenes durante cinco años se reunían ahora en salas enormes y lujosas y se entregaban a la tarea de ordenar los materiales reunidos durante el viaje y redactar la memoria cumbre. La obra escrita había de publicarse en siete tomos, con setenta cartas y setenta láminas y figuras, costaría dos millones de reales y, gracias a la intercesión de Malaspina, sería financiada por el Real Consulado de Cádiz.

—Entonces, ¿no sabes lo que ocurrió? —preguntó el alférez Juanes, asombrado, en el tono de quien prepara una mala noticia.

—¿Qué ocurrió?

Otis frunció el ceño. No sabía. ¿Qué podía haber ocurrido? ¿La muerte de Malaspina?

—Esa obra no llegó a publicarse nunca —le dijo el oficial de marina—. Se interrumpieron los trabajos por orden expresa de Godoy, el Príncipe de la Paz.

—Pero, ¿por qué? —tartamudeó Otis, sobrecogido.

Salieron de la taberna huyendo de la algarabía. Mientras caminaban por la noche de Madrid, entre los puestos de verduras y confituras que todavía ofrecían su mercancía en la Plaza Mayor y el oficial se lo explicaba todo, Otis tuvo la sensación de que se estaba cumpliendo un vaticinio que él mismo había formulado a bordo de la *Descubierta*.

«Creo que es usted un ingenuo, capitán —le había dicho—. Usted le está diciendo al gobierno español que en Hispanoamérica está haciendo las cosas muy mal. Y, cuando un gobierno invierte todo el dinero y el esfuerzo que significa esta expedición, lo que está pidiendo es que le digan que hace las cosas muy bien.»

Le había dicho.

2

La España que encontró Malaspina a su regreso era muy distinta de la España que dejó cinco años atrás.

En septiembre de 1792, mientras las corbetas *Atrevida* y *Descubierta* navegaban por aguas de las Filipinas, se había proclamado la República Francesa. El 21 de enero de 1793, mientras Malaspina continuaba su ruta por el Pacífico, la guillotina decapitaba al rey francés.

El progreso irreversible de la Revolución Francesa hasta estas últimas consecuencias había hecho que fuera cundiendo el pánico entre los aristócratas de este país. Algún historiador ha hablado del «pánico de Floridablanca», porque precisamente fue José Moñino, conde de Floridablanca, principal impulsor de la expedición de Malaspina, quien puso a la Inquisición en pie de guerra contra toda influencia extranjera. Él disolvió las Cortes, él prohibió que los periódicos españoles hablaran de lo que estaba sucediendo en Francia, él censuró la entrada de estampas, publicaciones y manuscritos procedentes del país vecino, él hizo que cesaran las clases de lengua francesa, él suprimió la cátedra de Derecho Natural de todas las universidades... Cuando Floridablanca fue destituido de su cargo de ministro de Estado y desterrado, en febrero de 1792, le sucedió el conde de Aranda, un hombre liberal, próximo a los masones y a los enciclopedistas, que se puso a las órdenes de la reina María Luisa y propició el ascenso extravagante de ese arribista, rijoso y faldero llamado Manuel Godoy.

Se reía Otis al escuchar los adjetivos con que el alférez Juanes definía al ministro de Estado.

—¿Así le llamas?

—Así le llama todo el mundo. Y aun cosas peores. Y no te creas que él lo ignora. Todo Madrid está empapelado con pasquines contra él.

Los presidiarios del pasillo oscuro conocen de sobras el contenido de los pasquines que se han editado clandestinamente contra Manuel Godoy. Algunas veces, al llegar a esta altura del relato, recitan o canturrean alguna de aquellas coplas:

El francés le trata hoy
al español de collón
por consentir la nación
le gobierne, ¿quién?, ¡Godoy!
¿Pero qué admiración le doy
si la reina por su lujuria
le enamoró, ¡oh, qué furia!,
y le sacó del cuartel,
para joderse con él,
señor duque de la Alcudia?

Estallan acto seguido en carcajadas.

—¿Y todo esto por qué? —se extrañaba Otis, maravillado y divertido.

—De muy lejos vienes que ignoras lo que todo el mundo sabe —se extrañaba, a su vez, el oficial de Marina.

—Cuenta, cuenta.

—¿No sabes que Godoy está donde está porque comparte el lecho de la reina?

—¿El lecho de la reina? ¿Y el rey?

—El rey calla.

—No me sorprende que gobierne el país como lo gobierna si ocurren esas cosas en su propia casa.

—El rey no gobierna nada. Sólo caza.

—¿Sólo caza?

—Caza y calla.

—¿Y quién gobierna?

—La reina. Se cuenta que, al subir al trono nuestro rey Carlos, su esposa llamó a Floridablanca y le dijo: «Aquí mando yo», y parece ser que lo dejó seguir en su puesto de ministro de Estado a cambio de que no le contara al rey sus devaneos de alcoba.

—¿Y el rey? —insistía Otis, incrédulo.

—El rey caza.

—Y calla.

—Y reza. El rey caza y reza.

Se reía Otis.

—El hermano de Godoy, Luis —abundaba el oficial, para aumentar el regocijo de su interlocutor—, se beneficiaba de los favores de la reina. El joven Manuel tenía entonces diecisiete años, era guardia de corps y hacía de mensajero entre los dos amantes. Y aprovechó esa circunstancia para sustituir a su hermano en el lecho real. Pero no se quedó ahí, como había hecho Luis. Manuel aspiraba a más. Y, así, consiguió que lo nombraran consejero de Estado, marqués de Álvarez, duque de Alcudia y, por fin, ministro de Estado. Eso te dará un indicio de su catadura moral. Nadie se sorprende ya de que se aproveche de las hijas, esposas o hermanas de los que pretenden sus favores.

—¿Eso hace?

—Eso dicen. Y de ahí que le llamen como le llaman. ¿Sabes cómo le llamaba Malaspina, en privado y no tan en privado? —preguntó el alférez Juanes—: El *Sultán* —Y prosiguió, apesadumbrado—: El pueblo le llama cosas peores, pero no era lo mismo que lo dijera Malaspina a que lo dijera el populacho. Yo creo, sabes...

Habían ido a parar a un puesto de vinos generosos, donde no reinaba tanto alboroto como en la taberna de las seguidillas, y en consecuencia el oficial bajó la voz y echó miradas de reojo en derredor para asegurarse de que nadie le escuchaba.

—Yo creo que la enorme popularidad de Malaspina no podía ser bien vista por ese arribista —Hoy diríamos trepa—. Por muy inteligente que sea, por muy apto, en el supuesto de que Godoy sea inteligente y apto, un hombre que ha conseguido su posición y poder con la bragueta no puede estar tan seguro de sí mismo como aquel que llega pisando firme, convencido de que está donde está gracias a méritos indiscutibles. Godoy es el conquistador en el sentido nefasto que Malaspina da a esa palabra. Conquistador, don Juan, tan desprovisto de escrúpulos como los que destruyeron las Indias en beneficio propio. Y no es extraño que odiara a Malaspina... y que Malaspina lo odiara a él.

—¿Así que se conocían y se odiaban?

—Juzga tú mismo. A poco de llegar de su viaje, Malaspina le hizo llegar al *Sultán* un escrito que se titulaba *Reflexiones relativas a la paz de la España con la Francia*, donde defendía que había que firmar un tratado de paz con el país vecino. Se cuenta que, al recibirlo, el *Sultán* rompió en mil pedazos el escrito. Poco tiempo después, el año pasado, Godoy firmó con los franceses la Paz de Basilea, tal como recomendaba Malaspina en sus reflexiones, pero el *Sultán* se atribuyó todos los méritos y se adjudicó a sí mismo el título de Príncipe de la Paz.

Otis se hizo cargo de la situación y se le ensombreció el rostro.

—La envidia... —murmuró recordando conversaciones que había mantenido con Malaspina—. Ya entiendo lo que ocurrió.

—Se comprende que Malaspina se sumara a la conspiración contra el *Sultán*, ¿verdad?

—¿Contra Godoy? —se sobresaltó el aventurero.

—Sí.

—¿Malaspina?

—Sí, sí.

—¿Una conspiración?

—Eso dicen.

—No me lo creo.

—Es una curiosa leyenda. Se cuenta por ahí que se enteró la reina de que el *Sultán* alternaba sus amores con los de una actriz llamada Pepita Tudó, con la que incluso se había casado en secreto. Despechada, la reina dio pie a la conspiración para castigar al rijoso, desposeyéndole de todos sus cargos. Ella se ofreció para hacer llegar a manos del rey una carta donde se reflejaran todos los vicios y componendas y corruptelas de Godoy. Y nadie mejor que el idealista e ingenuo Malaspina para caer en una trampa así. Una trampa de mujeres conspiradoras. La reina y sus damas de honor, la marquesa de Matallana y doña María de Frías y Pizarro, más conocida como *La Pizarro*. Y Malaspina firmando un papel donde proponía la lista de personas que debían gobernar España a partir de la defenestración del príncipe. Todo aquello no era más que un juego para conseguir que Godoy abandonara a la Tudó y volviera a la alcoba de la reina... Y en ese juego sólo había un perdedor y ése era Malaspina.

El Otis enfurecido que un día apuñalara al *Santero* negaba ahora con la cabeza, los labios prietos, la mano crispada en torno al vaso, como si quisiera romperlo entre sus dedos.

—...Cuando la reina tuvo en su poder la comprometedora nota de Malaspina —proseguía el alférez—, no se la entregó al rey. Se la mostró a Godoy y le amenazó. «O dejas a esa artista, Pepita Tudó, o esto llegará a manos del rey, y perderás tu cargo, tus títulos, tu honra y tu poder.» Era una amenaza ridícula. Estoy seguro de que Godoy arrebató el papel de entre los dedos reales y se echó a reír. Probablemente, hasta le pegó un guantazo a la reina. Dicen que solía hacerlo. No hay noticia de que haya dejado de frecuentar a Pepita Tudó ni a ninguna de sus otras amantes, y continúa pidiendo doncellas a cambio de favores, como un dragón de cuento. Aquel papel firmado por Malaspina era inofensivo contra su prepotencia. Pero él sí lo utilizó contra Malaspina...

—¡No! —gritó Otis—. ¡No! ¡Malaspina no era tan imbécil! ¡Malaspina nunca se metería en una trampa tan burda! ¡Todo eso es lo que cuentan para justificar lo que le hayan hecho, pero yo sé la verdad del asunto!

El alférez Juanes contemplaba horrorizado al aventurero y chistaba para exigirle discreción. Le agarró del brazo e impuso su fuerza para obligarlo a sentarse y callar.

3

Nada puede convencer a Otis. Ya en aquel momento, mientras hablaba con el alférez Juanes, llegó a la conclusión de que a Malaspina lo condenaron por envidia y por los escritos en que plasmaba sus opiniones respecto al comportamiento de los conquistadores y colonizadores y funcionarios españoles en las Américas. Y nadie hasta hoy ha conseguido apearle de su convicción.

Se figuró a un Manuel Godoy desquiciado, ante la reina, leyendo y releyendo aquellas conclusiones y lanzando los papeles por encima del hombro, desparramándolos por toda la alcoba.

—¡Estos escritos están plagados de ideas sediciosas, afines a las máximas de la revolución y de la anarquía! ¡Dice que nuestra Constitución está envejecida y viciada, que en América hay un exceso de cargos administrativos, y que eso conduce al desgobierno y a la corrupción...! ¡Prácticamente propone que demos de buen grado la independencia al grueso de nuestras colonias, «quedándonos con unos pocos puertos estratégicos»...!

La furia del conquistador, la rabia del poderoso avaro que sólo entiende que quieren desposeerle de las monedas que tiene escondidas. Que nunca entendió ni entenderá que el comercio enriquece más que el simple latrocinio. Déspota (ilustrado o no) que no tolera la menor crítica.

—¡Me pregunto para quién trabaja realmente ese italianini! ¿Para cuál de nuestros enemigos? ¡Le pagamos un viaje por América, satisfacemos todos sus caprichos y, al volver, ¿se atreve a escupirnos a la cara?!

Lo cierto es que, el día 25 de enero de 1795, el ministro de Estado Manuel Godoy escribía una carta al bailío don Antonio Valdés, ministro de Marina, y en ella comentaba los escritos de la expedición de Malaspina en estos términos:

> «...*La letra es tan mala como su substancia, y está tan falta de principios y moderación en sus ideas que me precaveré de enseñarla a los reyes... Como cosa suya, le diga a Malaspina que queme los borradores si los tiene y guarde perpetuo silencio sobre todo... Me irrito al pensar lo que acabo de leer... No puedo creer que fuese de ánimo el introducir en España las mismas disputas que han causado las desgracias en Francia...*»

Durante aquel año 95 un sacerdote llamado Manuel Gil estuvo transcribiendo los escritos de Malaspina e informando puntualmente a Manuel Godoy de su contenido. Pero el ministro de Estado no actuó contra Malaspina hasta finales de noviembre.

—Es cierto —murmuró el alférez Juanes como si tomara conciencia de algo sospechoso—. Casualmente, la conspiración contra Godoy se descubre tres días después de que don Antonio Valdés, protector de Malaspina, cesara en su cargo de ministro de Marina.

—Casualmente —subrayó Otis.

—Y la mujer que lleva a Godoy la primera noticia de la conspiración es *La Pizarro*, que todo el mundo sabe que es amante del *Sultán*...

—O sea que, de las tres mujeres implicadas en la conspiración, al menos dos eran amantes de Godoy —le hace notar Otis, como confirmación de toda sospecha.

Fuera como fuese, Manuel Godoy convocó un Consejo de Estado para el domingo 22 de noviembre de 1795 y, en presencia del mismísimo rey, que aquel día no había salido a cazar ni a rezar, exigió castigo ejemplar para el imprudente italiano que predicaba la revolución y la anarquía.

Dos días después, Alessandro Malaspina regresaba de una tertulia y, en la puerta de la casa del príncipe de Monforte donde se hospedaba, se encontró con un piquete de militares. Allí mismo, en la calle de Buenavista, junto a Recoletos, en la manzana 277, número 3, en pleno barrio de Lavapiés, fue arrestado. Mientras unos irrumpían en sus habitaciones, registraban todos los rincones y requisaban abundantes libros y manuscritos, los otros se llevaron al brigadier al llamado cuartel de Inválidos.

Este cuartel estaba ubicado junto a la iglesia de San Martín, en la esquina de la calle de la Ballesta con la calle Desengaño.

—Precisamente esquina —musitó Otis, abatido— con la calle del Desengaño.

Pobre Malaspina, de Desengaño en Desengaño.

Más tarde, Alessandro Malaspina fue conducido al cuartel de Guardias de Corps.

—La marquesa de Matallana —dijo el alférez Juanes—, fíjate, la única de las conspiradoras que no era amante del primer ministro, fue recluida en un convento primero y desterrada después. Y apresaron también y encerraron al clérigo Manuel Gil, que había estado sirviendo de confidente para Godoy durante todo el año.

De pronto, Otis se llevó la mano a la garganta y la restregó sobre su pecho con desasosiego. El oficial temió que estuviera a punto de sufrir un ataque. No era eso. Aquélla era la manera como los indios muvachat manifestaban su angustia.

—En ese instante tomé la determinación —afirma Otis con énfasis que da a entender que aquélla fue sin duda la determinación más importante de su vida.

El preso que mejor se conoce la historia sabe que éste es el momento de pedir:

—¡¡Cuéntanos ahora por qué estás aquí, Otis!!

Sigue un silencio profundo y vacío. Es el vacío que precede a las despedidas definitivas. Inmediatamente después de pausas como ésta, Anabel le regaló un abanico, y Otis besó a la negra más hermosa que había visto en su vida, y dijo: «Gracias, *Talocual*», y se despidió de la extraña pareja que formaban Estrongo y Anabel a bordo del *Cecily*, y le estrechó la mano a Malaspina por última vez.

A continuación, resume en pocas palabras lo que debió de ser tramado a lo largo de días y días. No importa cómo consiguió la pistola y el caballo, no importa si el cortejo de Godoy se dirigía a Extremadura o al palacio de Aranjuez. Unas veces lo cuenta de una manera y otras veces lo cuenta de otra. Qué más da. Su mente está ocupada ahora, como en aquellos momentos decisivos, únicamente por la arbitrariedad cometida contra Malaspina.

Lo retrata, contra toda lógica y rigor históricos, conducido por dos soldados impávidos que lo agarraban por los brazos. Resistiéndose a la injusticia, feroz y rabioso como cuando combatía al inglés frente a Gibraltar.

—¡Soltadme!

Tres días después de su detención, se convocó un segundo Consejo de Estado, con la presencia del rey y la ausencia de Godoy y de la reina. No había unanimidad contra Malaspina y se rumoreaba que incluso podía salir la votación a su favor. Ante esa posibilidad, el secretario del Consejo anunció que Malaspina ya había sido sentenciado por el rey desde el momento de su detención y, por tanto, no había más que hablar.

Se aireó entonces la causa que el Santo Oficio había incoado contra el italiano doce años antes. Se le declaró culpable de sedición. Malaspina no pudo defenderse y, más tarde, calificó el interrogatorio a que había sido sometido de «tratado de metafísica».

Recordaba Otis las preguntas que la Inquisición había hecho a aquel médico, amigo de Malaspina, para demostrarle que las nuevas ciencias estaban equivocadas: «¿Por qué hay hombres que tienen tal antipatía a los gatos que no pueden soportar su presencia? ¿Y por qué otros se desmayan al ver el queso?» Y comprendió la afrenta terrible que habría significado para aquel hombre inteligente pasar por un trago semejante.

Y las autoridades requisaron e hicieron desaparecer en lóbregos subterráneos todos los documentos de la expedición, tanto los que se referían a temas políticos como los de contenido puramente científico. Diarios de navegación, cuadernos de bitácora, estudios de astronomía, hidrografía, meteorológicos, de variación magnética, descripciones y dibujos de la costa de todos los países por los que anduvieron, trabajos de geología, zoología, botánica, arte, etnología, música y lingüística... Y el plan de publicación fue relegado al olvido.

Y Malaspina destituido de grados y empleos y condenado a pasar diez años y un día en el castillo de San Antón, de La Coruña.

Rabia.

Una nutrida escolta por un camino entre árboles que refrescaban la atmósfera con su sombra. Los soldados amodorrados por el calor, desprevenidos. En el coche, Manuel Godoy sonríe, se deleita con sus pensamientos, disfruta de la apacible tarde de verano. Es feliz.

Súbitamente, se le viene encima la rabia.

La rabia de Otis, al galope tendido, pistola en mano, surgiendo de pronto, burlando a la escolta y llegando hasta la ventanilla del coche.

La rabia de Malaspina arrastrado por un pasillo oscuro, sucio, húmedo y maloliente.

—¡No tenéis ningún derecho a encerrarme! ¡Os negáis a escuchar la voz de la razón!

El rijoso Príncipe de la Paz apenas entrevió la cara congestionada por el furor y la pistola que blandía el insensato vengador. Seguramente no comprendió el grito que iba dirigido a él: «¡Maldito oscurantista!». Le habían llamado tantas cosas, que sus oídos eran sordos a los improperios. No tuvo tiempo de ver nada más, ni siquiera tuvo tiempo de asustarse. En el instante siguiente, una mano protectora desvió la mano armada. El tiro salió hacia el cielo, inofensivo, y el agresor fue derribado del caballo, inmovilizado sobre el polvo ardiente del camino.

Imagina Otis los gritos desaforados de Alessandro Malaspina:

—¡Mientras en el resto del mundo se prende la luz de la inteligencia, aquí insistimos en permanecer en la más absoluta oscuridad!

El estruendo metálico de la puerta al cerrarse.

Oscuridad.

Malaspina como Otis, Otis como Malaspina, se ven envueltos en la más terrible oscuridad.

Oscuridad y silencio.

Un silencio largo, infinito, un silencio de siglos.

4

—Y a ti, ¿a qué te condenaron, Otis?

—¿Cuántos años?

—¿Por qué no vienes a las canteras con nosotros?

—¿Estás esperando que te lleven al cadalso, Otis?

Otis permanece cabizbajo, los ojos cerrados, las muñecas llagadas por las cadenas, el corazón estrujado por la melancolía.

—¡Anda, Otis! ¡Cuéntalo otra vez!

—¡Sí, Otis, cuéntalo, que yo sólo conozco el final!

—¡Venga, cuéntanos por qué te llaman Otis!

—¡Un momento! ¿Y qué pasa si se lo llevan cuando esté a medio contar?

—¡No os preocupéis por eso! —grazna la voz cascada del carcelero amigo.

Al mismo tiempo, responde el preso más antiguo:

—¡Yo os la contaré! ¡Me la sé de memoria!

—¡Seguro que no la cuentas tan bien como Otis!

—¡Vamos! ¡Cuéntalo, Otis!

Pero Otis calla.

La narración de sus aventuras ha sido un vómito que lo ha dejado exhausto. Lo ha dejado vacío.

Las ratas corretean alborotadas por los pasillos inmundos. Corean los gritos de los presos con sus chillidos histéricos y puntiagudos.

Pero callan todos al fin porque la noche pesa. Y pasan las horas. Y se van los forzados a su cantera. Y una pincelada de luz pasa disimuladamente más allá de los barrotes de este calabozo.

Entra el carcelero cómplice de la voz cascada y deja frente a Otis la escudilla de siempre.

—No tienes que preocuparte, Otis. Hace mucho tiempo que nadie pregunta por ti. Si quisieran ajusticiarte, ya lo habrían hecho. Yo creo que han extraviado tu expediente. Me parece que se han olvidado completamente de ti. El *Sultán* se ha olvidado de ti. O sea, que no te preocupes. Te quedarás aquí, con nosotros, para contarnos tus aventuras una y otra vez. Aquí te trataremos bien, Otis. Aquí te queremos. Aquí te necesitamos, Otis.

Otis levanta la vista, que la oscuridad y la resignación han vuelto inexpresiva, y el carcelero interpreta el gesto de horror como gesto de alivio y gratitud. Por eso, le dedica una risita corta, que quiere ser tranquilizadora, antes de salir y cerrar nuevamente la puerta.

Y regresan los forzados.

Primero, regresa la oscuridad. Un vertiginoso abismo de negrura. Una tiniebla espesa que parece pegarse al fondo de los ojos.

Y un silencio ensordecedor.

Luego, regresan los forzados.

—¡Otis!

—¡Qué!

—¡Cuéntanos cómo conociste a Malaspina, Otis!

—¡Cuéntanos por qué te llaman Otis!

—¿Y vosotros qué me dais?

Barcelona, marzo 92 - julio 94

Alejandro Malaspina: el personaje histórico

Descendiente de una antiquísima y noble familia (recordada también por Dante en su *Divina Comedia**), Alejandro Malaspina nació en Mulazzo (provincia de Massa Carrara) el 5 de noviembre de 1754 de Carlo Morello, marqués de Mulazzo, y de Caterina Meli Lupi, princesa de Soragna.

Después de una breve estancia en Palermo (1762-1765) realizó estudios en el Colegio Clementino de Roma (1765-1773). Ingresó en la Orden de San Juan de Jerusalén —conocida también como Orden de Malta—, y en un navío de guerra de la Orden realizó su primera navegación por el Mediterráneo, a la caza de piratas berberiscos.

En el otoño de 1774 fue admitido en la Real Armada y el 18 de noviembre del mismo año sentó plaza de guardiamarina en Cádiz.

---

* *«Fui chiamato Currado Malaspina;*
non son l'antico, ma di lui discesi;
a' miei portai l'amor che qui raffina.» (Purgatorio, VIII, 118-120)

[Me llamaba Conrado Malaspina;
no el antiguo, sino su descendiente;
a mis deudos amé, y he de purgarlo.]

Participó en el asedio de Argel, y antes en la expedición de socorro a Melilla, por cuya intervención obtuvo una mención honorífica del comandante de escuadra.

En los años siguientes viajó a Filipinas en la fragata *Astrea* (1777-1779).

En la guerra contra Inglaterra, embarcó en el navío *San Julián*, participó en la batalla del cabo de Santa María (1780) y logró sustraer la nave al enemigo después de haber sido capturada.

En 1782 Alejandro Malaspina desempeñaba funciones de segundo oficial en la fragata *Santa Elena*. En el verano de ese año la *Santa Elena* estaba anclada en la rada de Algeciras en espera de alguna misión de guerra. Fue entonces cuando su conducta en las funciones litúrgicas de a bordo y algunas afirmaciones suyas sobre la religión motivaron, un tiempo después, una denuncia a la Inquisición de Sevilla. En seguida se abrió una investigación, que concluyó doce años después, es decir, cuando Malaspina estaba a punto de caer en desgracia por otros motivos.

Del 14 de marzo de 1783 al 5 de julio de 1784 viajó a Filipinas en la fragata *Asunción*.

Del 5 de septiembre de 1786 al 18 de mayo de 1788, al mando de la fragata *Astrea*, fletada por la Real Compañía de Filipinas, realizó un viaje comercial alrededor del mundo.

Probablemente durante ese periplo surgió en Malaspina la idea de realizar una gran expedición científica a través de casi todas las posesiones españolas de América y Oriente. La expedición se ocuparía de ciencias geográficas (cartografía, geodesia, astronomía), naturales (geología, zoología, botánica), sociales (etnografía, etnología, folclore), económicas y militares.

El 10 de septiembre de 1788 —ya con el grado de capitán de fragata— conjuntamente con José Bustamante y Guerra, presentó el «plan de viaje» al ministro de Marina don Antonio Valdés, y el 14 de octubre recibió el consentimiento real. Reinaba entonces Carlos III, que murió antes de que zarpase la expedición.

Con las corbetas *Descubierta* y *Atrevida*, construidas para dicha empresa, Malaspina dejó Cádiz el 30 de julio de 1789.

La expedición (en la cual participaron también pintores italianos, un naturalista francés y otro de Bohemia) tocó la región rioplatense y la Patagonia, dobló el cabo de Hornos, recorrió toda la costa occidental de América hasta Alaska, volvió a Nueva España, atravesó el Pacífico, llegó a Guam (en las Marianas) y a otras islas del archipiélago de las Filipinas, visitó Dusky Bay (Nueva Zelanda) y Port Jackson (Australia) y se detuvo en las islas Vavao (hoy denominadas Tonga) antes de volver a Europa, siguiendo de nuevo la ruta del cabo de Hornos. Varios miembros de la expedición se dedicaron a realizar observaciones científicas en muchas de las regiones por las que pasaron y recogieron datos de gran interés. Las corbetas entraron en Cádiz el 21 de septiembre de 1794. La expedición, además de haber sido la más larga de las realizadas en la historia de las exploraciones, fue juzgada como una de las más importantes de su siglo por los conocimientos adquiridos.

En marzo de 1795, Malaspina fue ascendido a brigadier de la Armada. Mientras trabajaba en la redacción de las relaciones del viaje, Alejandro se dejó tentar con la idea de proponer a Carlos IV una serie de reformas que, a su juicio, podían evitar la disgregación (que le parecía inminente) del inmenso imperio de España. Tal proyecto, oportunamente conocido por el primer ministro Manuel Godoy, fue hábilmente desbaratado. Malaspina fue arrestado el 24 de noviembre de 1795 y, pocos días después, también fueron arrestados sus presuntos cómplices, es decir, el padre Manuel Gil y la marquesa de Matallana. Los tres fueron acusados de haber tramado un complot contra el Estado. Después de algunos meses de estéril debate, sin que ni siquiera el proceso se concluyese formalmente, Malaspina fue destituido y recluido en el castillo de San Antón en La Coruña; los otros dos acusados tuvieron penas menores.

Durante años Alejandro se dedicó a sus queridos estudios histórico-económicos y sólo hacia el final de 1802, por el interés de Francesco Melzi d'Eril, vicepresidente de la filo-napoleónica República italiana (y, quizás del mismo Napoleón Bonaparte), obtuvo la conmutación de la pena de reclusión por la del exilio. Se le ordenó dejar inmediatamente y para siempre su patria adoptiva.

Ya en Italia, en marzo de 1803, Alejandro se estableció en Pontremoli (en el reino de Etruria), donde murió siete años después (9 de abril de 1810), sin dejar de ocuparse aún durante sus últimos años de asuntos relativos a las reformas administrativas que habían adoptado los Estados italianos en la democratización napoleónica.

Dario MANFREDI
Director del Centro de Estudios Malaspinianos
«Alessandro Malaspina» (Mulazzo, Italia)

Índice

ANDREU MARTÍN

Nació a las 9 de la tarde del 9 de mayo de 1949. Estudió Psicología, aunque nunca puso gabinete. Ha sido guionista de cómics, con incursiones en el mundo del teatro y del cine, que culminó con la dirección de la película *Sauna* (1990). Conocido sobre todo como autor de novela negra, obtuvo en 1980 el Premio «Círculo del Crimen» por su novela *Prótesis*; el Premio Alfa 1986 por *El día menos pensado*, y en 1989 el Premio Hammett de la Asociación Internacional de Escritores Policíacos por *Barcelona Connection*. En la actualidad es presidente de la Asociación Española de escritores policíacos. En esta misma colección ha publicado *Vampiro a mi pesar*, *Cero a la izquierda*, y, en colaboración con Jaume Ribera, *Todos los detectives se llaman Flanagan*, *El cartero siempre llama mil veces*, *No te laves las manos, Flanagan* y *Flanagan de luxe*.

CARTA AL AUTOR

Los lectores que deseen ponerse en contacto con el autor para comentar con él cualquier aspecto de este libro, pueden hacerlo escribiendo a la siguiente dirección:

Colección ESPACIO ABIERTO
Grupo Anaya, S. A.
Juan Ignacio Luca de Tena, 15. 28027 MADRID

OTROS TÍTULOS DE ESTA COLECCIÓN

No te laves las manos, Flanagan
Andreu Martín y Jaume Ribera

En esta nueva ocasión, Juan Anguera, Flanagan, emprende una peligrosa investigación para demostrar la inocencia de un rival amoroso que ha sido detenido por la policía, mientras en su barrio hierve una insurrección racista. Sin perder el sentido del humor, Flanagan pone en juego no sólo su integridad física sino también su integridad moral.

El secreto de Heinrich
Jo Pestum

En la clase de Hennes ver a un chico nuevo no es nada del otro mundo. Pero ha llegado alguien que se comporta de forma diferente y además tiene un aspecto extraño, parece un indio. Se llama Heinrich. Es más valiente que los demás. Es el único que se enfrenta a la mafia de la escuela, que acecha a los alumnos más jóvenes y los chantajea. También es un amigo estupendo. Sin embargo, existe algo oscuro: nadie sabe dónde vive y, cuando habla de su familia, incurre en numerosas contradicciones...

Hasta lo que sea
Martha Humphreys

Karen Thompson se entera de que una compañera de estudios, Connie Tibbs, está enferma de sida. Ambas coinciden en las clases de laboratorio de biología y les toca compartir pupitre. Todos sugieren a Karen que pida que le cambien de sitio, pero el recuerdo de la amistad que mantuvieron años atrás y una conducta solidaria, hacen que siga a su lado. A partir de ahí Karen tendrá que luchar contra sus propios temores y los prejuicios de quienes la rodean.

Andar entre las estrellas
José María Beá

Alex inicia un viaje a lo largo de la Transmundial, una autopista que da la vuelta al planeta. Un inesperado «accidente» acabará con su viaje, y Alex será condenado al Penal Espacial de la órbita de Onix. Un S.O.S. intergaláctico les permitirá a él y a sus compañeros de aventuras conocer el planeta de Orgán, donde descubrirán una diabólica conspiración que pone en peligro el destino de la Tierra.

El clan de los reporteros
Fernando Martínez Laínez

Vicente Sendalta y sus compañeros tienen que conseguir dinero para un viaje de fin de curso a Viena. Esperan obtenerlo con la venta de un periódico escolar y una rifa. Dedicarán un artículo a la historia del instituto. Paulatinamente irán descubriendo el misterio que alberga el sótano del edificio. Y la afición al periodismo se mezclará con la detectivesca. Una trepidante aventura que toca un tema de gran actualidad: la prensa en la escuela.

¡Qué me vas a contar de los marcianos!
Enrique Ventura

Spike trata de mantener en secreto su verdadero nombre —Pablo Alfonso— y el hecho de que toca el violín. A su clase se incorpora Verónica, una chica guapísima cuyo único inconveniente es ser superdotada. Una noche en que Spike acompaña a Verónica —alias La Biónica— a su casa, suceden acontecimientos extraños que constituirán el origen de una asombrosa aventura cuyo desenlace sorprenderá al lector.